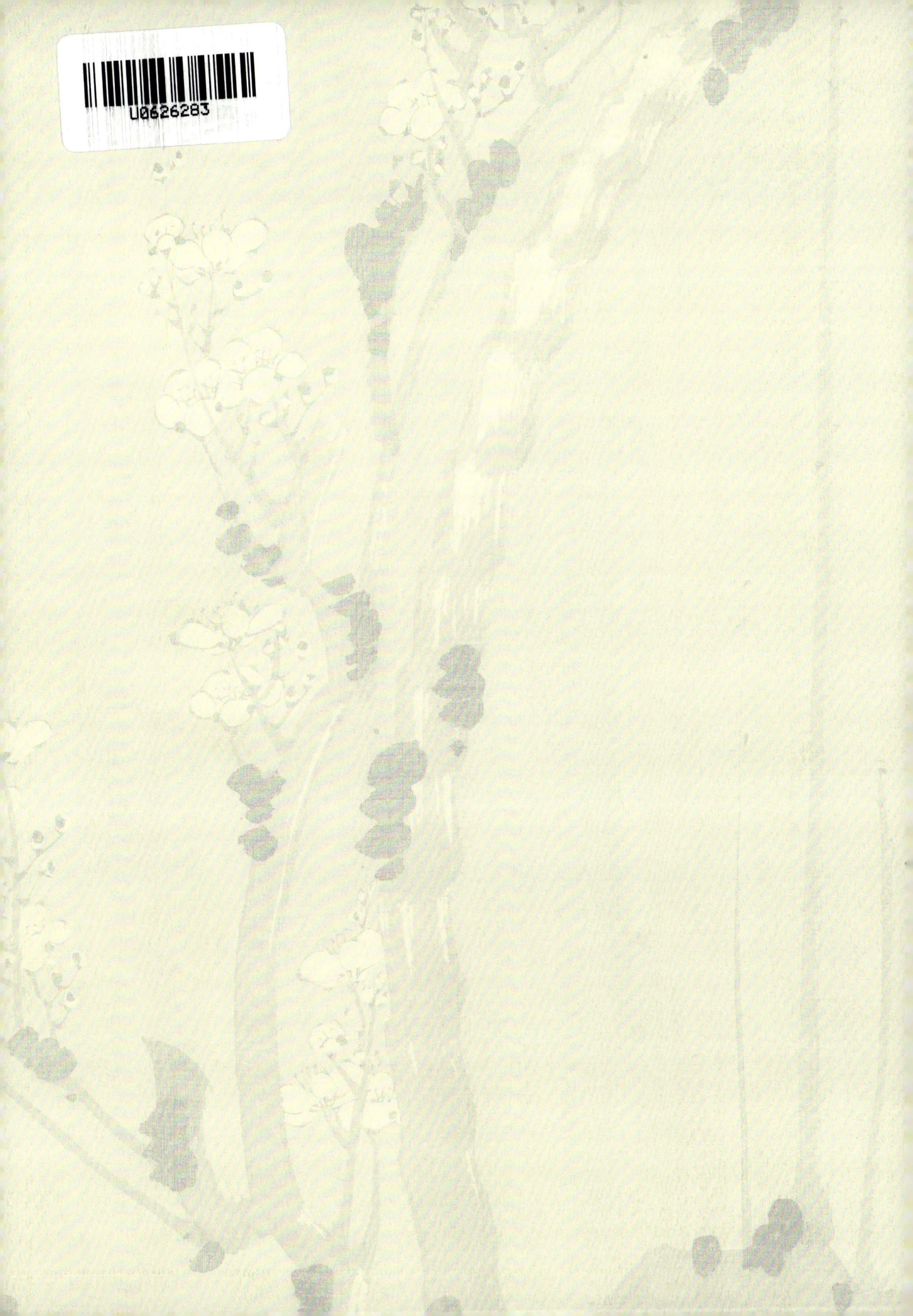

潁濱先生詩集傳

1

宋蘇轍著

明刊本

图书在版编目（CIP）数据

颖滨先生诗集传 / (宋) 苏辙著. -- 北京 : 海豚出版社, 2018.1
ISBN 978-7-5110-4135-7

Ⅰ. ①颖… Ⅱ. ①苏… Ⅲ. ①《诗经》－诗歌研究－中国－宋代 Ⅳ. ①I207.222

中国版本图书馆CIP数据核字(2017)第329636号

书名：颖滨先生诗集传
作者：(宋) 苏辙著
责任编辑：李俊
责任印制：蔡丽
出　　版：海豚出版社
网　　址：http://www.dolphin-books.com.cn
地　　址：北京市百万庄大街24号
邮　　编：100037
电　　话：010-68325006（销售）　010-68998879（总编室）
印　　刷：虎彩印艺股份有限公司
经　　销：新华书店及网络书店
开　　本：16开（210毫米×285毫米）
印　　张：45.25
字　　数：362（千）
版　　次：2018年1月第1版　2018年1月第1次印刷
标准书号：ISBN 978-7-5110-4135-7
定　　价：1760元

出版説明

人是一種會思想的動物，無論是要適應環境，克服生存的困難，抑或爲了生活得更有意義，思想皆不可或缺。在一般的中文習慣中，思想的涵義比"哲學"更寬泛，這種語用習慣的差異，也影響到學者對學術視野的選擇。一般而論，思想史的範圍也較哲學史爲廣闊，雖然很少得到清晰地界定，但它不失爲一種有效的學術視野。

在近代中國學術史上，思想史研究的興起與哲學史大約同時。一九〇二年三月，梁任公在其創辦的《新民叢報》上連續發表了《論中國學術思想變遷之大勢》系列論文，這可能是最早由國人撰著發表的思想史論文。而第一本由國人撰寫的中国古代哲學通史，則爲一九一六年謝無量的《中國哲學史》。這兩本早期著述有其學術史的意義，但其中對學科的性質與研究方法等多無明確的説明。事實上，無論是學者的闡述，還是其實際的操作，在思想史與哲學史之間都不易劃出清晰的界限，直到當代也仍然如此。拋開細節不論，就語用習慣及有關實踐而言，思想史表徵一種對歷史文化廣闊而深入的關照，其研究方法，關注的問題，都較哲學史爲多元，史料基礎也不可同日而語。尤其是在郭沫若、侯外廬等人建立起來的研究傳統中，思想史有明确的社會史取向，或因其與傳統的文史之學有親和性，以至在今天，這種思路仍然很有生命力。

文獻發掘向來是思想史研究的基本環節。爲了促進有關研究，我們選輯多種文本編爲〝中國古代思想史珍本文獻叢刊〞。全編選目包括經典文本，如儒、道二家的經解，重要思想家作品的早期刻本，和某些并不廣泛受到關注的作家文集的舊刻本。本編中也選録了數種反映古代民俗信仰的文獻，如《關聖帝君聖跡圖志》、《卜筮正宗》等等。這些文本在傳統的學術視野中，多以爲不登大雅之堂，在今日視之，或者正因其反映了古代社會一般的信仰氛圍，而有重要的文本價值。此外，本編也著意收録了數種通常被視爲藝術史史料的文本，如《寶綸堂集》、《徐文長文集》等，我們認爲對思想史關注而言，範圍與深度同樣重要。

選集本編，也有文獻學上的意圖。中國古代有悠久的文獻學傳統，大量古籍文本的傳刻與整理造就了古代中國輝煌的古籍文化。本編收録的這些刻本不僅是古代學術發生、衍變的物質證據，也是古代古籍文化的重要部分。本編所收録的全部作品皆爲彩版影印，最大限度地保存了文獻的細節。其中有部分殘卷，視具體情況，或者補配，或者一仍其舊。本編的選目受制於編者的認識與底本資源，或者有不妥、不備之處，希望讀者不吝指正。

目録

第一册

第二册

第一册

潁濱詩集傳

一之四

穎濱先生詩集傳卷第一

周南

文王之風謂之周南召南何也文王之法周也所以爲其國者屬之周公所以交於諸侯者屬之召公詩曰昔先王受命有如召公日辟國百里言其治外也故凡詩言周之內治由內而及外者謂之周公之詩其言諸侯被周之澤而漸於善者謂之召公之詩其風皆出於文王而有內外之異內得之深外得之淺故召南之詩不如周南之深周南稱后妃而召南稱夫人召南有召公之詩而周南無周公之詩夫文王

受命稱王則大姒固稱后妃而諸侯之妻皆稱夫人周公在内近於文王雖有德而不見則其詩不作召公在外遠於文王功業明著則詩作於下此理之最明者也然則謂之周召者蓋因其職而名之也謂之南者文王在西而化行於南方以其及之者言之也東北則紂之所在文王之初所不能及也毛詩之敘曰關雎麟趾之化王者之風也故繫之周公鵲巢騶虞之德諸侯之風也先王之所以教繫之召公然則二南皆出於先王其深淺厚薄二公無與而强以名之可乎

國風

孔子編詩列十五國先後之次二南之爲首正風也邶鄘衛王鄭齊魏唐之相次亡之先後也秦之列於八國之後後是八國而亡也陳之後秦將亡之國也檜曹之後陳已亡之國也豳之列於十四國之後非十四國之類也嘗試考其世次而論其亡之先後後亡者詩之所先而先亡者詩之所後也魏唐晉也諸侯之亡者莫先於晉周安王之十六年而田氏滅齊二十六年而韓魏趙滅晉齊之亡也先晉十年而齊詩先晉何也晉之失國自定公始自定公以來者韓

魏趙之晉也齊之失國自平公始自平公以來者田氏之齊也定公之立先平公三十年矣孔子自其失國之君而以爲亡焉故諸侯之先亡者晉其次齊也鄭之亡也當安王之子烈王之元年則齊晉之亡也久矣周之亡也盡於烈王之曾孫王赧之五十九年則鄭之亡也亦久矣衛之亡也當秦始皇帝之二十七年則周之亡也亦久矣後亡者常先秦最後亡而列於八國之後以爲非特後之而又兼八國而有之也春秋書諸侯之會王之大夫必列於上王之世子必列於後秦之所以後於八國者猶王世子之後諸

侯也蓋以爲異焉耳陳之亡也當周敬王之四十一年孔子卒之歲而陳亡然則孔子之編詩也陳將亡矣知其將亡而不以列於未亡之國蓋以亡國視焉此陳之所以後秦也檜之亡也當周幽王之世鄭桓公滅之曹之亡也當周敬王之三十三年宋景公滅之檜先而曹後因其亡之先後而爲之先後焉以爲已亡矣無所事先而知其後亡也此檜之所以後陳而曹之所以後檜也嗚呼數十百年之間國之存亡孔子預知之讀其詩聽其聲觀其國之厚薄三者具而以斷焉是故可以先焉而無疑也良醫之視人也

察其脉而知其人之終身疾痛壽夭之數其不知者以爲妄言也其知者以爲猶視其面顏也夫國之有詩猶人之有脉也其長短緩急之候於是焉在矣邶鄘者衛之所滅也魏者晉之所滅檜者鄭之所滅也檜詩不爲鄭而邶鄘爲衛魏爲晉何也邶鄘魏之詩作於旣滅其詩之所爲作者衛晉也是以列邶鄘魏於前而以衛晉終之雖主衛晉而其風不同故邶鄘魏不可沒也邶鄘之詩學者以爲衛矣何也敘以衛也而魏詩不爲晉何也敘不以晉也雖不以晉亦不以魏然則是不舉其國耳凡敘之不舉其國者文之

所不及也以其不及而廢其爲晉則學者之陋矣汾沮洳之三章而三稱晉官焉非晉而何季子觀樂於魯至於歌魏曰渢渢乎大而婉儉而易行以德輔此則盟主也夫亡國之詩而季子言之若此乎蓋以爲晉矣非亡國之詩也至於檜風檜之未亡而作矣豳之非十四國之類何也此周公與周大夫之所作也蓋以爲豳耳非豳人之詩也非豳人之詩而言豳之風故繫之豳雖繫之豳而非豳人之詩故不列於諸國而處之其下此風之特異者也以其特異而别之亦理之當然也季子之觀樂也既歌齊而繼之以豳

秦魏唐何也曰孔子之未編詩也太師次之以豳爲秦之有也而繫之秦以秦晉之强相若也而不能決其長短意天下之諸侯將歸於此二國至孔子而後定蓋非太師之所能知也

關雎后妃之德也

孔子之敘書也舉其所爲作書之故其贊易也發其可以推易之端未嘗詳言之也非不能詳以爲詳之則隘是以常舉其略以待學者自推之故其言曰仁者見之謂之仁智者見之謂之智夫唯不詳故學者有以推而自得之今毛詩之敘何其詳之甚也世傳

以爲出於子夏序竊疑之子夏嘗言詩於仲尼仲尼稱之故後世之爲詩者附之要之豈必子夏爲之其亦出於孔子或弟子之知詩者歟然其誠出於孔氏也則不若是詳矣孔子刪詩而取三百五篇今其亡者六焉詩之敘未嘗詳也詩之亡者經師不得見矣雖欲詳之而無由其存者將以解之故從而附益之以自信其說是以其言時有反覆煩重類非一人之詞者凡此皆毛氏之學而衛宏之所集錄也東漢儒林傳曰衛宏從謝曼卿受學作毛詩敘善得風雅之旨至今傳於世隋經籍志曰先儒相承謂毛詩敘子

夏所刪毛公及衛敬仲又加潤益古說本如此故予存其一言而已曰是詩言是事也而盡去其餘獨采其可者見於今傳其尤不可者皆明著其失以爲此孔氏之舊也

關關雎鳩在河之洲窈窕淑女君子好逑

關關和聲也雎鳩王雎鳥之摯者也物之摯者不淫水中可居者曰洲在河之洲言未用也逑匹也言女子在家有和德而無淫僻之行可以配君子也

參差荇菜左右流之窈窕淑女寤寐求之求之不得寤寐思服悠哉悠哉展轉反側

荇接余也左右助也流求也服事也后妃將取荇菜以共宗廟必有助而求之者是以寤寐不忘以求淑女將與共事也

參差荇菜左右采之窈窕淑女琴瑟友之參差荇菜左右芼之窈窕淑女鍾鼓樂之

芼擇也求得而采采得而芼先後之敘也凡詩之敘類此窈窕淑女不可得也苟其得之則將友之以琴瑟樂之以鍾鼓琴瑟在堂鍾鼓在廷以此待之庶其肯從我也此求之至也

關雎三章一章章四句二章章八句

葛覃后妃之本也

葛之覃兮施于中谷維葉萋萋黃鳥于飛集于灌木其鳴喈喈

葛者婦人之所有事也方葛之盛時黃鳥出於谷而集于木鳴喈喈矣詠歌其所有事而又及其所聞見言其樂從事於此也覃延也萋萋茂盛貌也黃鳥摶黍也灌木藂木也喈喈和聲也或曰黃鳥之集于灌木猶婦女有嫁于君子之道也言女子在家習爲婦功既成則可以適人矣

葛之覃兮施于中谷維葉莫莫是刈是濩爲絺爲綌服

之無斁

莫莫成就貌也濩煮之也精曰絺麤曰綌斁厭也

言告師氏言告言歸薄汙我私薄澣我衣害澣害否歸寧父母

言辭也春秋傳曰言歸于好師女師也婦人謂嫁曰歸言其告教於師氏也則告之以適人之道矣薄亦辭也汙煩撋之也澣濯之也私燕服也衣禮服也此女師所以告之之言也害澣害否云者言常自絜清以事君子也常自絜清以事君子則可以歸寧父母矣

葛覃三章章六句

卷耳后妃之志也

婦人知勉其君子求賢以自助有其志可耳若夫求賢審官則君子之事也

采采卷耳不盈頃筐嗟我懷人寘彼周行

采采不已之辭也卷耳苓耳也頃筐畚屬也卷耳易得之物頃筐易盈之器而不盈焉則志不在卷耳也今將求賢寘之列位而志不在亦不可得也

陟彼崔嵬我馬虺隤我姑酌彼金罍維以不永懷

崔嵬土山之戴石者也虺隤病也姑且也將陟險而

馬病不求良馬以任之徒酌酒以自慰不以爲深憂
也則終不免矣譬如爲國之難知小人之不足任而
不求賢以自助亦無以濟也
陟彼高岡我馬玄黄我姑酌彼兕觥維以不永傷
此章意不盡申殷勤也凡詩之重復類此山脊曰岡
玄馬病則黄兕觥角爵所以爲罰也
陟彼砠矣我馬瘏矣我僕痡矣云何吁矣
石山戴土曰砠瘏痡皆病也馬病而不知擇至於人
又病也則無及矣亦吁嗟而已
卷耳四章章四句

我心匪鑒不可以茹亦有兄弟不可以據薄言往愬逢彼之怒

茹入也逢迎也鑒之於人美惡無所不受惟擇其可而後受故雖兄弟而有不據也愬不仁必於仁人今愬之於不仁此愬所以爲迎其怒也蓋朝無善人矣

我心匪石不可轉也我心匪席不可卷也威儀棣棣不可選也

石雖堅尚可轉席雖平尚可卷言我心之堅平過於石席也棣棣富而閒習也選擇也小人之惡君子曰何爲斯踽踽涼涼然君子不以其故自改也此所謂

不可轉與不可卷也

憂心悄悄慍于羣小覯閔既多受侮不少靜言思之寤辟有摽

閔病也辟拊心也摽擧手貌也

日居月諸胡迭而微心之憂矣如匪澣衣靜言思之不能奮飛

月當微耳日則否豈有日月更代而微者歟君子與小人常迭相勝然而小人而不得其志者常也君子而不遂如日而微耳是以憂之不去於心如衣垢之不澣不忘濯也憂患既深思奮飛以避之而不能矣

柏舟五章章六句

綠衣衛莊姜傷巳也

綠兮衣兮綠衣黃裏心之憂矣曷維其巳

綠閒色黃正色以綠爲衣而黃爲裏言妾上僭而夫人失位也莊姜齊女美而無子莊公之嬖人生子州吁母嬖而州吁驕故云

綠兮衣兮綠衣黃裳心之憂矣曷維其亡綠兮絲兮女所治兮我思古人俾無訧兮

訧過也治絲而綠之者汝也綠非所以爲衣旣巳綠之而又以爲衣則此我之所訧也古之人爲是上下

之分所以使人無所訧耳

絺兮綌兮淒其以風我思古人實獲我心

以綠爲衣或者不知其不可也若夫絺綌之薄而以禦風其弊立見矣譬如小人而重任之渉患難而後知其不可也古之人所以爲是君子小人之辨者誠得我心之所憂也

綠衣四章章四句

燕燕衛莊姜送歸妾也

莊姜無子陳女戴嬀生完莊姜以爲已子莊公薨完立而州吁弒之戴嬀於是大歸

燕燕于飛差池其羽之子于歸遠送于野瞻望弗及泣涕如雨

燕燕鳦也春則來秋則去知有所避也燕將飛而差池其羽猶戴嬀之將別而不忍也禮婦人送迎不出門遠送至野情之所不能已也

燕燕于飛頡之頏之之子于歸遠于將之瞻望弗及佇立以泣

將送也頡頏左右顧也

燕燕于飛下上其音之子于歸遠送于南瞻望弗及實勞我心

陳在衛南

仲氏任只其心塞淵終溫且惠淑慎其身先君之思以朂寡人

仲戴嬀字也任大也塞實也淵深也

燕燕四章章六句

日月衛莊姜傷己也

日居月諸照臨下土乃如之人兮逝不古處胡能有定寧不我顧

莊姜賢妃也莊公惑於嬖妾而不禮焉及完立而不能終故其自傷曰君夫人日月也柰何捨我而逝不

復其故處乎雖然捨我而能有所定尚可也苟為無定何用不顧我哉石碏之諫莊公曰將立州吁乃定之矣若猶未也階之為亂莊公不從故及於禍此胡能有定之謂歟

日居月諸下土是冒乃如之人兮逝不相好胡能有定寧不我報日居月諸出自東方乃如之人兮德音無良胡能有定俾也可忘

日始月盛皆出於東方俾也可忘徒使我可忘之而已

日居月諸東方自出父兮母兮畜我不卒胡能有定報

我不述

畜養也呼父母而訴所怨也述循也

日月四章章六句

終風衛莊姜傷巳也

終風且暴顧我則笑謔浪笑敖中心是悼

終風終日之風也風霾曀雷皆以喻州吁之昏暴也

終風且霾惠然肯來莫往莫來悠悠我思

霾雨土也州吁往來皆不可常莊姜雖思之無益也

終風且曀不日有曀寤言不寐願言則嚏

曀陰也古有又通嚏或作疐跲也寤而思之則不寐

願往從之則若有跲制而止之者言不欲往耳
曀曀其陰虺虺其靁寤言不寐願言則懷
懷安也安於其所不欲往也
終風四章章四句
擊鼓怨州吁也
擊鼓其鏜踊躍用兵土國城漕我獨南行
漕衛邑也南行伐鄭也莊公之世鄭人伐衛州吁既
立將脩先君之怨於鄭而宋公子馮在焉鄭人將納
之故使告於宋與陳蔡共伐之是時民有爲土功於
國者有城漕者我獨南行伐鄭去國遠役爲最苦也

從孫子仲平陳與宋不我以歸憂心有忡

孫子仲者公孫文仲伐鄭之帥也

爰居爰處爰喪其馬于以求之于林之下

民將征行與其室家訣別曰是行也將於何居處之何喪其馬乎若求我與馬當求之於林之下蓋預爲敗計也軍行必依山林求之林下庶幾得之

死生契闊與子成說執子之手與子偕老

契闊勤苦也成說歷數之也猶然庶幾獲免於死亡故曰執子之手與子偕老

于嗟闊兮不我活兮于嗟洵兮不我信兮

闊遠也洵信也不務活其民而貪遠略故曰于嗟闊兮不我活兮告之以誠言而不吾用故曰于嗟洵兮不我信兮

擊鼓五章章四句

凱風美孝子也

凱風自南吹彼棘心棘心夭夭母氏劬勞

衛之淫風流行雖有七子之母猶不能安其室子欲止之而不忍言也故深自責而已凱風南風也棘難長之木也風之吹棘心而至於夭夭也勞矣母之於子其勞如是風也而不能使留焉則子之過也

◎

凱風自南吹彼棘薪母氏聖善我無令人

　棘薪言其成也

爰有寒泉在浚之下有子七人母氏勞苦

　浚衛地其下有寒泉泉在浚下而浚蒙其澤我曾此

　泉之不若也

睍睆黃鳥載好其音有子七人莫慰母心

　睍睆好貌也鳥猶能好其音以說人而我獨不能說

　吾母哉

　　凱風四章章四句

雄雉刺衛宣公也

毛詩之敘曰宣公淫亂不恤國事軍旅數起大夫久役男女怨曠夫此詩言宣公好用兵如雄雉之勇於鬬故曰不忮不求何用不臧以爲軍旅數起大夫久役是矣以爲刺其淫亂怨曠則此詩之所不言也

雄雉于飛泄泄其羽我之懷矣自詒伊阻

雄雉勇於鬬飛而鼓其翼泄泄然不顧也宣公之時大夫久於征役以公爲猶雉耳故自咎其懷於衛曰我之懷矣自貽伊阻

雄雉于飛下上其音展矣君子實勞我心

展成也思得信厚之君以事之而不可得故勞也

瞻彼日月悠悠我思道之云遠曷云能來

征役既久思歸而不得之辭也

百爾君子不知德行不忮不求何用不臧

忮害也宣公好富而多求國人苦之故告其君子曰吾不知孰爲德行苟不忮害不貪求斯可矣何用之不善哉

雄雉四章章四句

匏有苦葉刺衛宣公也

匏有苦葉濟有深涉深則厲淺則揭

春秋傳曰苦匏不材於人供濟而已怙苦匏而涉深

濟未有不溺者也而況於無匏乎有人焉曰深則吾
厲淺則吾揭無不渡也則亦不畏不義不忌非禮之
人也宣公烝於夷姜而納伋之妻昏亂甚矣故云
有瀰濟盈有鷕雉鳴濟盈不濡軌雉鳴求其牡
鷕雉聲也軌軾前也飛曰雄雌走曰牝牡有瀰濟盈
而視之以不濡軌有鷕雉鳴而反求其牡衆之所謂
不可而不顧之辭也
雝雝鳴鴈旭日始旦士如歸妻迨冰未泮
雝雝鴈之和聲也納采用鴈旭日始旦大昕之時也
自納采至請期用昕親迎用昏冰之未泮昏姻之時

也宣公淫昏而國人化之故此章爲陳昏禮之正也

招招舟子人涉卬否人涉卬否卬須我友

卬我也人皆輕涉而操舟者獨招招然不肯從言衛人相率爲亂而其君子猶待禮而後行不得其偶不行也

匏有苦葉四章章四句

谷風刺夫婦失道也

習習谷風以陰以雨黽勉同心不宜有怒采葑采菲無以下體德音莫違及爾同死

谷風東風也風行於陰雨而不厲其和夫婦黽勉同

心憂樂共之而何怒之有葑須也菲芴也人不以
下之不善而棄其上之可食譬如婦人德音不違而
足矣
行道遲遲中心有違不遠伊邇薄送我畿誰謂荼苦其
甘如薺宴爾新昏如兄如弟
畿內門也荼苦菜也行道而有所違者其行遲遲而
不忍去今君子之棄我曾不如是行道之人也其送
我止於畿而已故其心苦之而不知荼之苦也
涇以渭濁湜湜其沚宴爾新昏不我屑以
湜湜水見底也沚小渚也屑潔也涇水入渭渭清而

涇濁涇以渭故人謂之濁耳然其沚湜湜然上下如一婦人自言脩潔如此奈何以新昏之故而遂不吾潔也

毋逝我梁毋發我笱我躬不閱遑恤我後

梁笱皆所設以取魚逝人之梁而發人之笱因人之成功之謂也新昏因舊室之成業不知其成之難則將輕用之我雖見棄猶憂其後之不繼也故告而止之旣而曰我躬且不容何暇恤我後哉知告之無益之辭也閱容也

就其深矣方之舟之就其淺矣泳之游之何有何亡黽

勉求之凡民有喪匍匐救之

此章言其深淺有無無所避者民之有喪猶將匍匐救之況於事君子而有不盡乎

不我能畜反以爲讎旣阻我德賈用不售昔育恐育鞫及爾顚覆旣生旣育比予于毒

畜養也夫婦之親而至爲仇讎故雖平生之德義皆鬻而不售育生也鞫窮也昔者生於恐懼鞫窮之中及爾顚覆而不顧今亦旣生育矣而比予于毒毒者人之所棄惡也

我有旨蓄亦以御冬宴爾新昏以我御窮有洸有潰旣

詒我肄不念昔者伊余來塈

旨美也蓄聚也洸洸武也潰潰怒也詒遺也肄勞也塈息也蓄美菜者所以御冬月之無也今君子亦以我御窮而已及其富樂則不我以不念昔者由我而獲此安息也

谷風六章章八句

式微黎侯寓于衛其臣勸以歸也

黎今黎陽也

式微式微胡不歸微君之故胡爲乎中露式微式微胡不歸微君之躬胡爲乎泥中

式試也狄人迫逐黎侯黎侯寓于衛衛不能納而不歸其臣尤之故曰君子之所以觀其人者於其微耳是以試之於微而不可則止今君之寓於衛久矣而衛不吾勤其不吾納者可見矣而胡爲不自歸乎衛人非君之故之爲而胡爲久於其地乎中露泥中言其暴露而無覆藉之者也

式微二章章四句

旄丘責衛伯也

衛侯爵時爲州伯故稱伯歟孔子之敘詩也自爲一書故式微旄丘之敘相因之辭也而毛氏之敘旄丘

則又曰狄人迫逐黎侯黎侯寓于衛衛不能修方伯連率之職黎之臣子以責於衛其言與前相復非一人之辭明矣

旄丘之葛兮何誕之節兮叔兮伯兮何多日也

前高曰旄丘誕闊也叔兮伯兮同姓之國也旄丘之葛其節雖甚闊也然而無以其闊節而謂患不相及苟斷其一節而百節廢矣譬如諸侯雖異國而相爲蔽苟黎亡則衛及矣柰何久而不救哉

何其處也必有與也何其久也必有以也

夫豈無故而久處於衛哉以爲與衛同患勢之所當

救也

狐裘蒙戎匪車不東叔兮伯兮靡所與同

蒙戎亂貌也久留於衛裘已弊矣非吾車不能渡河以告東方之諸侯也以爲東方諸侯無與我同患者耳是以止於衛而不去蓋是時衛猶在河北黎衛壤土相接故狄之爲患黎與衛共之

瑣兮尾兮流離之子叔兮伯兮褎如充耳

瑣小也尾末也流離梟也其子長大則食其母狄之虐始於黎衛人以狄之微而不忌譬如流離之養其子不知其將爲已患也然告之而不聽褎褎然如或

充其耳其後衛人遂有狄難

旄丘四章章四句

簡兮刺不用賢也

毛詩之敘曰衛之賢者仕於伶官皆可以承事王者夫此詩言賢者不見用而思愬之天子故曰云誰之思西方美人知周之不足愬故曰彼美人兮西方之人兮毛詩旣以西方美人爲周而又以彼美人爲衛之賢者曰所謂西方之人者言其宜在王室也可乎

簡兮簡兮方將萬舞日之方中在前上處碩人俣俣公庭萬舞

簡擇也萬舞干舞也方且萬舞而勤於擇人言其盡
心於舞而不知其他也日中而舞未止言無度也在
前上處居舞者之前列也俁俁壯大貌也俁俁之碩
人非所宜舞於中庭也
有力如虎執轡如組左手執籥右手秉翟赫如渥赭公
言錫爵
組織組也織組者總紕於此而成文於彼善御者執
轡於上而馬馳於下如織組也言有力而善御者可
以禦侮矣而使之執籥秉翟赫如渥赭卿大夫之容
也而錫之以一爵記曰祭有畀煇胞翟閽寺者惠下

之道也惠不過一散

山有榛隰有苓云誰之思西方美人彼美人兮西方之人兮

榛栗屬苓大苦也山則宜有榛也隰則宜有苓也傷碩人之不當其處也賢者仕於諸侯而不得志則思愬之天子西方周之所在也周衰而天子不能正諸侯雖復知其賢亦將無如之何矣故曰彼美人兮西方之人兮言其不能及遠也

簡兮三章章六句

泉水衛女思歸也

凡詩皆繫於所作之國故木瓜雖美齊桓而在衛猗
嗟雖刺魯莊而在齊泉水載馳竹竿皆異國之詩而
在衛者以其聲衛聲歟記曰鄭音好濫淫志宋音燕
女溺志衛音促數煩志齊音傲辟驕志蓋諸國之音
未有同者衛國之女思衛而作詩其爲衛音也固宜
猶莊舄之病而越吟人情之所必然也

毖彼泉水亦流于淇有懷于衛靡日不思孌彼諸姬聊
與之謀

毖流貌也淇衛水也孌好貌也泉水出於他國而流
于淇女子嫁于異國父母終思歸寧而不得是以思

衛之諸姬將見而與之謀也夫思歸情之所當然也不歸法之不得已也聖人不以不得已之法而廢其當然之情故閔而錄之也

出宿于泲飲餞于禰女子有行遠父母兄弟問我諸姑遂及伯姊

始有事於道者祖而舍軷因飲酒於其側曰餞禮畢遂行宿於近郊泲禰所由適衛之道也書曰導沇水東流爲濟入于河溢爲滎春秋傳衛及狄戰敗于滎澤故濟水及衛衛女思歸而不獲故言其所由以歸之道以致其思之至也既言其所由以歸之道則又

言其可以歸之義曰婦人有出嫁之道遠於其宗故
禮緣人情使得歸寧因以問其姑姊今曷爲不得哉
出宿于干飲餞于言載脂載舝還車言邁遄臻于衛不
瑕有害
干言亦所由適衛之地也脂脂車也舝設舝也還車
還施其車而試之也遄疾也害何也言其至衛非有
瑕疵也而曷爲不許哉
我思肥泉茲之永歎思須與漕我心悠悠駕言出遊以
寫我憂
所出同所歸異曰肥泉蓋以自況也須漕皆衛邑也

知其不可是以出遊以寫其憂而已

泉水四章章六句

北門刺仕不得志也

出自北門憂心殷殷終窶且貧莫知我艱已焉哉天實爲之謂之何哉

君子仕於亂世如出自北門背明而向陰也仕而不見用者君也而歸之天知命者之辭也

王事適我政事一埤益我我入自外室人交徧讁我已焉哉天實爲之謂之何哉

適之也埤厚也天子之政令既以適我國之政事復

幷以厚益我已事而反則其處者爭求其瑕疵而譴
讁之言勞而不免其罪也謂之室人者在內而不事
事也

王事敦我政事一埤遺我我入自外室人交徧摧我已
焉哉天實爲之謂之何哉

敦敦迫也

北門三章章七句

北風刺虐也

北風其涼雨雪其雱惠而好我攜手同行其虛其邪既
亟只且

邪讀如徐北風而又雨雪其虐甚矣故其民苦之而相告曰苟有惠而好我者與汝攜手同行而從之昔之虛徐者今亦並爲急刻之行矣尚曷爲不行哉

北風其喈雨雪其霏惠而好我攜手同歸其虛其邪既亟只且

喈疾貌霏甚貌

莫赤匪狐莫黑匪烏惠而好我攜手同車其虛其邪既亟只且

未有赤而非狐黑而非烏者言其君臣爲惡如一也

北風三章章六句

靜女刺時也

靜女其姝俟我於城隅愛而不見搔首踟躕

衛君內無賢妃之助故衛之君子思得靜一之女既有美色又能待我以禮者而進之於君思而不可得是以踟躕而求之城隅言高而不可逾也

靜女其孌貽我彤管彤管有煒說懌女美

古者后夫人必有女史彤管之法以記過失且以次敘羣妾之進御者煒赤貌也樂其有法而後說其美也

自牧歸荑洵美且異匪女之爲美美人之貽

牧田官也荑茅之始生者蓋言宮中無復斯人矣故
願得幽閒處子而進之君也苟有以是女進者吾非
此女之美乃美其人之遺我者耳蓋求之至也

靜女三章章四句

新臺刺衛宣公也

新臺有泚河水瀰瀰燕婉之求籧篨不鮮
宣公納伋之妻作新臺于河上而要之國人疾之而
難言之故識其臺之所在而已燕婉謂伋也籧篨不
能俯者天下之惡疾所以深惡宣公也泚鮮明貌也
燕安也婉順也鮮善也

新臺有洒河水浼浼燕婉之求蘧篨不殄

洒高峻也殄絕也猶言病而不死者也

魚網之設鴻則離之燕婉之求得此戚施

將適世子而得宣公猶網魚而得鴻所得非所求也

戚施不能仰者也

新臺三章章四句

二子乘舟思伋壽也

二子乘舟汎汎其景願言思子中心養養

宣公納伋之妻生壽及朔朔與其母愬伋於公公使

之於齊使盜先待於莘壽以告伋伋曰君命也不可

以去壽竊其節而先往盜殺之伋至曰乃我也又殺之自衛適齊必涉河國人傷其往而不返汎汎然徒見其景欲往救之而不可得是以思之養養然憂而不知所定也

二子乘舟汎汎其逝願言思子不瑕有害

言二子若避害而去於義非有瑕疵也而曷爲不去哉夫宣公將害伋不忍去而死之尚可也而壽之死獨何哉無救於兄而重父之過君子以爲非義也

二子乘舟二章章四句

穎濱先生詩集傳卷第二終

潁濱先生詩集傳卷第三

鄘　國風

柏舟共姜自誓也

衛釐公之世子共伯餘立未逾年而死其妻守義父母欲奪而嫁之故誓而不許

汎彼柏舟在彼中河髧彼兩髦實維我儀之死矢靡它母也天只不諒人只

中河舟之所當在也婦人之在夫家猶舟之在河也髦者髮至眉子事父母之飾也儀匹也之至也矢誓也天父也

汎彼柏舟在彼河側髧彼兩髦實維我特之死矢靡慝
母也天只不諒人只

特匹也慝邪也

柏舟二章章七句

牆有茨衛人刺其上也

牆有茨不可埽也中冓之言不可道也所可道也言之
醜也

茨蒺藜也冓成也衛宣公卒惠公幼其庶兄頑烝於
宣姜衛人疾之而莫能去譬如蒺藜之生於牆欲埽
去之恐其傷牆也

牆有茨不可襄也中冓之言不可詳也所可詳也言之
長也
襄除也
牆有茨不可束也中冓之言不可讀也所可讀也言之
辱也
牆有茨三章章六句
君子偕老刺衛夫人也
君子偕老副笄六珈委委佗佗如山如河象服是宜子
之不淑云如之何
副者后夫人之首飾編髮爲之笄衡笄也珈笄飾也

象服者象物以爲服蓋褕翟闕翟也書曰予欲觀古人之象能與君子偕老乃可以有副笄六珈委委佗佗緩而有禮如山河之崇深乃可以有象服今宣姜之不善將如是服何哉

玼兮玼兮其之翟也鬒髮如雲不屑髢也玉之瑱也象之揥也揚且之皙也胡然而天也胡然而帝也

玼鮮盛貌也翟褕翟闕翟也鬒黑也屑潔也髢髲也瑱塞耳也揥所以摘髮也揚眉上廣也皙白也以是盛服尊女使如天帝然者非以女有德可以配君子故耶嗟今無以受之也

瑳兮瑳兮其之展也蒙彼縐絺是紲袢也子之淸揚揚
且之顏也展如之人兮邦之媛也
瑳鮮白貌也展衣夫人以禮見君及賓客之盛服也
絺之靡者爲縐袢讀如絆暑服則加紲絆以自斂飭
淸視淸明也顏額角豐滿也展誠也媛美女也如是
人者可以爲邦之媛矣而不爲也
君子偕老三章一章七句一章九句一章八句
桑中刺奔也
爰采唐矣沬之鄉矣云誰之思美孟姜矣期我乎桑中
要我乎上宮送我乎淇之上矣

唐兔絲也託采唐以相誘也書曰明大命于沬邦蓋紂都朝歌以北是也

爰采麥矣沬之北矣云誰之思美孟弋矣期我乎桑中要我乎上宮送我乎淇之上矣爰采葑矣沬之東矣云誰之思美孟庸矣期我乎桑中要我乎上宮送我乎淇之上矣

姜弋庸皆著姓也刺無禮則稱孟言雖長而忘禮也美有禮則稱季曰有齊季女言雖幼而知好禮也

桑中三章章七句

鶉之奔奔刺衛宣姜也

鶉之奔奔鵲之彊彊人之無良我以爲兄

奔奔彊彊皆有常匹相隨之貌言宣姜鶉鵲之不若

也兄則頑也

鵲之彊彊鶉之奔奔人之無良我以爲君

君小君也

鶉之奔奔二章章四句

定之方中美衛文公也

定之方中作于楚宮揆之以日作于楚室樹之榛栗椅

桐梓漆爰伐琴瑟

懿公爲狄所滅戴公渡河東徙以廬于漕一年而卒

齊桓公城楚丘以封文公文公大布之衣大帛之冠始建城市而營宮室百姓說之而作此詩定營室也營室中則十月中也於時可以營宮室矣楚宮楚丘宮也揆之以日揆日之出入以知東西也椅梓屬也爰曰也種此六木於宮者曰後可以伐琴瑟也種木者求用於十年之後其不求近功凡類此矣

升彼虛矣以望楚矣望楚與堂景山與京降觀于桑卜云其吉終焉允臧

堂亦衛邑也景山大山也京高丘也文公之將徙於楚丘也升虛而望其高有陵阜可以屛蔽其國降觀

其下有桑土可以居民從而卜之而得吉卜其終皆
然信善可居也
靈雨既零命彼倌人星言夙駕說于桑田匪直也人秉
心塞淵騋牝三千
靈善也倌人主駕者也文公勤於民事雨既止見星
而駕以行舍於桑田矣是以民說而稱之曰不直哉
是人也其心充實而淵深則宜其有騋牝三千也言
富强之業必深厚者爲之非輕揚淺薄者之所能致
耳馬七尺曰騋春秋傳文公元年革車三十乘季年
乃三百乘而此言三千者蓋其可用者三百乘而其

牝牡則三千也世之學者曰衛武衛文鄭武秦襄之
風宣王之雅皆美之詩也然猶不免爲變詩何也曰
王澤之薄也久矣非是人之所能復也昔周之興也
積仁行義凡數百年其種之也深而蓄之也厚矣至
於文武風俗純備是以其詩發而爲正詩自成康以
來周室不競至幽厲而大壞其敗亦數百年其蓄之
也亦厚矣是以其詩不復其舊而謂之變夫自其正
而至于變其敗之也甚難其間必有幽厲大亂之君
爲之而後能自其變而復于正其反之也亦難亦必
有后稷公劉文武積累之勤而後能今夫五人者其

善之積未若其變之厚矣是以不免於變老者之所以爲老爲其積衰也因其一日之安而以爲壯也可乎其所由來者遠矣

定之方中三章章七句

蝃蝀止奔也

毛詩之叙曰衛文公之詩也

蝃蝀在東莫之敢指女子有行遠父母兄弟

蝃蝀虹也蝃蝀之雨暴雨也不待陰陽和而雨矣猶女子之不待父母媒妁而行者也是以國人莫不惡之指之猶且不敢而況爲之乎故告之曰女子生而

當行適人矣何患於不嫁而爲是非禮也

朝隮于西崇朝其雨女子有行遠兄弟父母

隮升也崇終也朝有升氣于西終其朝而雨至矣何苦不俟而爲彼蝃蝀之暴雨也譬之女子之生至於成人則自當行矣何至汲汲於非禮也

乃如之人也懷婚姻也大無信也不知命也

人苟知事之有命也則不爲不義安而竢之矣

蝃蝀三章章四句

相鼠刺無禮也

毛詩之敘曰文公之詩也文公能正其羣臣故刺在

位而無禮者

相鼠有皮人而無儀人而無儀不死何爲

相視也視鼠之所以爲鼠者豈以其無皮故邪亦有皮而無禮耳人之所以爲人者豈以其面亦以其禮也苟無禮則亦鼠矣

相鼠有齒人而無止人而無止不死何俟

止容止也

相鼠有體人而無禮人而無禮胡不遄死

相鼠三章章四句

干旄美好善也

毛詩之敘曰衛文公之詩也

孑孑干旄在浚之郊素絲紕之良馬四之彼姝者子何以畀之

凡旗皆注旄於干首古者招庶人以旃招士以旂招大夫以旌干旄所以招之也素絲良馬所以贈之也紕縫也四數也既有以招之又有以贈之故人思有以畀之也

孑孑干旟在浚之都素絲組之良馬五之彼姝者子何以予之

鳥隼曰旟組縫組也

孑孑干旄在浚之城素絲祝之良馬六之彼姝子者何以告之

注旄而不設旒縿曰旄祝屬也

干旄三章章六句

載馳許穆夫人作也

列國之詩皆以世爲先後非如十五國風無先後大小之次固當以世爲斷今載馳之一章曰言至于漕戴公之詩也而列於文公之下王之兔爰桓王之詩也而列於平王之上鄭之淸人文公之詩也而列於莊昭之間皆非孔氏之舊也蓋傳者失之矣

載馳載驅歸唁衛侯驅馬悠悠言至于漕大夫跋涉我心則憂

衛侯許穆夫人之兄戴公也大夫許大夫之弔衛者也草行曰跋水行曰涉夫人將歸親唁其兄雖大夫之往而不足以解憂也

旣不我嘉不能旋反視爾不臧我思不遠

禮國君夫人父母在則歸寧父母沒則使大夫歸寧於兄弟而夫人不行故許穆夫人思歸唁其兄而許人以禮不許夫人以爲禮施於無故而欲歸寧者耳今衛國亡矣棄其社稷宗廟而廬於漕思歸唁之而

猶以此不許故曰不能旋反言其執一而不能變也
夫將欲止之必有已之之道今無以已之而欲其止
是以其心不肯忘遠衛也然要之夫人終亦不行則
知禮之不可越故也蓋爲此詩以致其忠愛而已
旣不我嘉不能旋濟視爾不臧我思不閟
閟閉也
陟彼阿丘言采其蝱女子善懷亦各有行許人尤之衆
穉且狂
偏高曰阿丘蝱貝母也行道也阿丘之物爲不少矣
獨采其蝱而已然人無有尤之者以人各有所取也

今我之懷衛亦各有道矣要以不爲不善則已而獨以是禮不許我何哉故曰其尤我者皆衆不更事之人也不然則狂者耳

我行其野芃芃其麥控于大邦誰因誰極大夫君子無我有尤百爾所思不如我所之

極至也夫人思歸行衛之野而觀其麥之有無問其控告于大國誰因者誰至者許人雖尤之而其心不已故告其君子曰無我有尤雖竭爾思慮以爲我謀衛不如使我一往親見之也

載馳五章一章六句二章章四句一章六句一

章八句

或云四章一章三章章六句二章四章章八句

以春秋傳叔孫豹賦載馳之四章義取控于大

邦非今之四章故也

衛淇奥　國風

淇奥美武公之德也

瞻彼淇奥綠竹猗猗有匪君子如切如磋如琢如磨瑟

兮僴兮赫兮咺兮有匪君子終不可諼兮

奥隈也猗猗盛也匪斐通有文之貌也瑟矜莊也僴

寬大也赫明也咺著也諼忘也淇之澤深矣然不可

得而見所可見者其隈之綠竹也今淇上多竹君子平居所以自脩者亦至矣如切如磋如琢如磨日夜去惡遷善以求全其性然亦不可得而見也徒見其見於外者瑟然僴然赫然喧然人之見之者皆不忍忘也是以知其積諸内者厚也子貢問於孔子曰貧而無諂富而無驕何如子曰可也未若貧而樂富而好禮者也子貢曰詩云如切如磋如琢如磨其斯之謂歟子曰賜也始可與言詩已矣告諸往而知來者孔子告之以貧而樂富而好禮而子貢知其自切磋琢磨得之此所謂告諸往而知來者如衛武公所謂

富而好禮者歟記曰富潤屋德潤身心廣體胖故君
子必誠其意詩云瞻彼淇奥綠竹猗猗
瞻彼淇奥綠竹青青有匪君子充耳琇瑩會弁如星瑟
兮僩兮赫兮咺兮有匪君子終不可諼兮
充耳瑱也琇瑩美石也弁皮弁也會弁之縫中也蓋
飾之以玉
瞻彼淇奥綠竹如簀有匪君子如金如錫如圭如璧寬
兮綽兮猗重較兮善戲謔兮不爲虐兮
簀積也金錫圭璧言其既成也綽緩也較兩輢上出
軾者重較卿士之車也

淇奥三章章九句

考槃刺莊公也

考槃在澗碩人之寬獨寐寤言永矢弗諼考槃在阿碩人之薖獨寐寤歌永矢弗過考槃在陸碩人之軸獨寐寤宿永矢弗告

考成也槃樂也澗也阿也陸也皆非人之所樂也今而成樂於是必有甚惡而不得已也寬也薖也軸也皆磐桓不行從容自廣之謂也弗諼既往之戒不可忘也弗過不可復往也弗告不可復諫也皆自誓以不仕之辭也

考槃三章章四句

碩人閔莊姜也

碩人其頎衣錦褧衣齊侯之子衛侯之妻東宮之妹邢侯之姨譚公維私

此章言莊姜親戚之盛也頎長貌也國君夫人嫁以翟衣衣錦者在塗之服也褧禪也衣錦而尚之以褧惡其文之太著也莊姜齊世子得臣之妹也邢周公之後也譚近齊後為齊桓公所滅妻之姊妹曰姨姊妹之夫曰私

手如柔荑膚如凝脂領如蝤蠐齒如瓠犀螓首蛾眉巧

笑倩兮美目盼兮

此章言其容貌之好也蝤蠐蝎也犀瓠瓣也螓蜻蜻也額廣而方倩口輔好也盼白黑明也

碩人敖敖說于農郊四牡有驕朱幩鑣鑣翟茀以朝大夫夙退無使君勞

此章言其車服之美也敖敖長貌也幩馬纏鑣扇汗也人君以朱鑣鑣盛貌也茀車之後障也以翟羽爲之禮君聽朝於路寢夫人聽內事於正寢大夫退然後罷夫人始至故爲之夙退也

河水洋洋北流活活施罛濊濊鱣鮪發發葭菼揭揭庶

姜孽孽庶士有朅

此章言齊之强河在齊之西北罛魚罟也濊亂也

庶姜同姓也庶士異姓也孽孽衆也朅壯貌也是詩

言有如此人者而君不答則君可責而夫人可閔也

碩人四章章七句

氓刺時也

氓之蚩蚩抱布貿絲匪來貿絲來卽我謀送子涉淇至

于頓丘匪我愆期子無良媒將子無怒秋以爲期

此詩前二章皆男女相從之辭後四章皆女見棄而

自悔之辭布幣也貿買也託買絲而就之謀爲淫亂

也頓丘一成之丘也
乘彼垝垣以望復關不見復關泣涕漣漣既見復關載笑載言爾卜爾筮體無咎言以爾車來以我賄遷
垝毀也復關氓之所在也體卦兆之體也
桑之未落其葉沃若吁嗟鳩兮無食桑葚吁嗟女兮無與士耽士之耽兮猶可說也女之耽兮不可說也桑之落矣其黃而隕自我徂爾三歲食貧淇水湯湯漸車帷裳女也不爽士貳其行士也罔極二三其德
桑之未落也其葉沃沃然爲若可依者也鳩食其葚甚美而不能去爾將依焉不知其將黃而隕男子之

始相得也意厚而財豐一若可久者婦人喜而從之不知其三三歲食貧而至於相棄也帷裳童容也婦人之車所以障者漸車帷裳言其顧顧艱難而從之也

三歲爲婦靡室勞矣夙興夜寐靡有朝矣言旣遂矣至于暴矣兄弟不知咥其笑矣靜言思之躬自悼矣

靡室勞矣言不以室家之勞爲勞也言旣遂矣至于暴矣言婚姻旣成而遇之以暴也

及爾偕老老使我怨淇則有岸隰則有泮總角之晏言笑晏晏信誓旦旦不思其反反是不思亦已焉哉

始也將與女偕老今老而反使我怨淇猶有岸隰猶

有畔何女心之不可知也反復也不思復其舊言也

氓六章章十句

竹竿衛女思歸也

此詩敘與泉水敘同皆父母終不得歸寧者也毛氏不知泉源淇水檜楫松舟之喻以爲此夫婦不相能之辭故敘此詩爲適異國而不見答思而能以禮者失之矣

籊籊竹竿以釣于淇豈不爾思遠莫致之

籊籊長而殺也籊籊之竿而不可以釣于淇猶言誰謂河廣一葦杭之言其近爾淇近則衛近矣非不欲

歸也不可得歸也蓋亦父母終而不得歸寧者也

泉源在左淇水在右女子有行遠兄弟父母

思歸而不可得則以自解曰女子生而有遠父母兄弟之道矣譬如泉源淇水之不得相入也

淇水在右泉源在左巧笑之瑳佩玉之儺

瑳巧笑貌也儺行有度也知女子之爲必遠父母兄弟也則自脩飭以順事君子俾無尤焉以慰父母兄弟而已

淇水滺滺檜楫松舟駕言出遊以寫我憂

柏葉松身曰檜二木之相爲舟楫也不自從其類而

從非其類物則固有然者何獨女子也所以深自解
也

竹竿四章章四句

芄蘭刺惠公也

芄蘭之支童子佩觿雖則佩觿能不我知容兮遂兮垂
帶悸兮

芄蘭萑也雖有支然不得所依則蔓延於地而不能
起童子雖佩觿然不能如我之多知也觿所以解結
成人之佩也人君治成人之事故雖童子而佩觿容
容刀也遂璲通佩玉也帶紳也悸悸有節度之貌也

言德不足以稱其服也

芄蘭之葉童子佩韘雖則佩韘能不我甲容兮遂兮垂帶悸兮

韘玦也能射御則佩玦甲狎也

芄蘭二章章六句

河廣宋襄公母作也

宋桓公之夫人衛文公之妹也生襄公而出思之而義不得往故作此詩以自解

誰謂河廣一葦杭之誰謂宋遠跂予望之

杭渡也河廣矣宋遠矣以爲一葦可度而跂可見所

以緩說其思宋之心也蓋曰雖在衛猶在宋耳

誰謂河廣曾不容刀誰謂宋遠曾不崇朝

刀小舟也崇朝行崇朝也

河廣二章章四句

伯兮刺時也

伯兮朅兮邦之桀兮伯也執殳爲王前驅

君子上從王事不得休息婦人思之而作是詩伯其

字也朅武貌也殳長丈二而無刃

自伯之東首如飛蓬豈無膏沐誰適爲容

婦人夫不在無容飾

其雨其雨杲杲出日願言思伯甘心首疾

君子當至而不至猶欲雨而得日也思之而不得見是以甘心於首疾

焉得諼草言樹之背願言思伯使我心痗

諼草令人忘憂背北堂也痗病也

伯兮四章章四句

有狐刺時也

有狐綏綏在彼淇梁心之憂矣之子無裳

綏綏匹行貌衛之男女失時喪其配偶婦人自傷不若狐也

有狐綏綏在彼淇厲心之憂矣之子無帶

厲深也

有狐綏綏在彼淇側心之憂矣之子無服

有狐三章章四句

木瓜美齊桓公也

投我以木瓜報之以瓊琚匪報也永以爲好也

桓公城楚丘以封衛遺之車馬器服衛以復安衛人德之故曰雖投我以木瓜我將報之以瓊琚瓊琚之於木瓜重矣然猶不敢以爲報也永以與之爲歡好而已

投我以木桃報之以瓊瑤匪報也永以爲好也投我以
木李報之以瓊玖匪報也永以爲好也
木瓜三章章四句

穎濱先生詩集傳卷第三終

穎濱先生詩集傳卷第四

王黍離　國風

成王在豐欲宅洛邑使周公營之既成祀其先王而遷居西都以爲宗周近於西戎周衰子孫不能及遠而文王之德未棄於天下其勢必有遷者洛陽遠於戎狄而其旁國無當興者唯是可以復立故城以待之而時以會東諸侯焉其後十一世幽王失道申侯與犬戎攻而滅之晉文侯鄭武公立其太子宜臼是爲平王王遂徙居東都其地在禹貢豫州太華外方之閒北得河陽漸冀州之南自平王東遷而變風遂作

其風及其境內而不能被天下與諸侯比然其王號未替故不曰周黍離而曰王黍離云

黍離閔宗周也

宗周鎬京也

彼黍離離彼稷之苗行邁靡靡中心搖搖知我者謂我心憂不知我者謂我何求悠悠蒼天此何人哉

平王東遷而宗周爲墟宗廟宫室盡爲禾黍過者閔之彷徨不忍去而作是詩靡靡猶遲遲也

彼黍離離彼稷之穗行邁靡靡中心如醉知我者謂我心憂不知我者謂我何求悠悠蒼天此何人哉

彼黍離離彼稷之實行邁靡靡中心如噎知我者謂我

心憂不知我者謂我何求悠悠蒼天此何人哉

行者見黍稷之苗而及其穗且實蓋行役之久也

黍稷三章章十句

君子于役刺平王也

君子于役不知其期曷至哉雞棲于塒日之夕矣羊牛

下來君子于役如之何勿思

鑿牆以棲雞曰塒君子行役而無至期曾雞與牛羊

之不若奈何勿思哉

君子于役不日不月曷其有佸雞棲于桀日之夕矣羊

牛下括君子于役苟無饑渴
佸會也雞棲于杙曰桀括至也
君子于役二章章八句
君子陽陽閔周也
君子陽陽左執簧右招我由房其樂只且
陽陽自得也簧笙也人君有房中之樂此賤事耳然
君子居之又且相招而樂之則以賤爲樂矣君子以
賤爲樂則其貴者不可居也雖有貴位而君子不居
則周不可輔矣此所以爲閔周矣
君子陶陶左執翿右招我由敖其樂只且

陶陶和樂也翿纛也舞者之所翳也敖舞者之位也

君子陽陽二章章四句

揚之水刺平王也

揚之水不流束薪彼其之子不與我戍申懷哉懷哉曷月予還歸哉

揚之水非自流之水也水不能自流而或揚之雖束薪之易流有不流矣水之能自流者物斯從之安在其揚之哉周之盛也諸侯聽役於王室無敢違命及其衰也雖令而不至平王未能使諸侯宗周而强使戍申焉宜諸侯之不從也其曰彼其之子不與我戍

申周之戍者怨諸侯之不戍之辭也懷哉懷哉曷月予還歸哉久戍而不得代之辭也申平王之母家在陳鄭之南而近楚是以戍之

揚之水不流束楚彼其之子不與我戍甫懷哉懷哉曷月予還歸哉揚之水不流束蒲彼其之子不與我戍許懷哉懷哉曷月予還歸哉

蒲蒲柳也申甫許皆諸姜也

揚之水三章章六句

中谷有蓷閔周也

中谷有蓷暵其乾矣有女仳離嘅其嘆矣嘅其嘆矣遇

人之艱難矣中谷有蓷暵其脩矣有女仳離條其歗矣條其歗矣遇人之不淑矣中谷有蓷暵其濕矣有女仳離啜其泣矣啜其泣矣何嗟及矣

蓷鵻也暵燥也仳別也脩長也草長遠地則易枯中谷之蓷旱之所難及也今也旣先燥其生於乾者又燥其生而長者及其甚也則雖其生於濕者亦不免也旱及於濕則盡矣譬如周人風俗衰薄其始也人之艱難者棄其妻耳其後人之不善者棄之矣及其旣甚至有無故而棄之者故其以艱難而見棄者則嘆之嘆之者知其不得已也以不善而見棄者則條

條然而歗歗者怨之深矣及其無故而見棄也則泣
而已泣者窮之甚也

中谷有蓷三章章六句

兔爰閔周也

毛詩之敘曰桓王之詩也

有兔爰爰雉離于羅我生之初尚無爲我生之後逢此
百罹尚寐無吪

爰爰緩也吪動也兔狡而難取雉介而易執世亂則
輕狡之人肆而耿介之士常被其禍其曰尚寐無吪
寧死而不欲見之之辭也或曰羅所以取兔也兔則

免矣而雉則罹之天下之禍首亂者之報也首亂者
則逝矣而爲之繼者受之非其所爲而反受其禍是
以寐而不欲動也

有兔爰爰雉罹于罦我生之初尚無造我生之後逢此
百憂尚寐無覺

罦覆車也造亦爲也

有兔爰爰雉罹于罿我生之初尚無庸我生之後逢此
百凶尚寐無聰

罿罬也庸用也

兔爰三章章七句

葛藟王族刺平王也

或曰刺桓王

緜緜葛藟在河之滸終遠兄弟謂他人父謂他人父亦莫我顧

緜緜長也水厓曰滸王謂同姓曰叔父葛藟生於河上得河之潤以爲長猶王族之託王以爲盛也王今棄遠兄弟而爲他人父彼非王族亦安肯顧王哉

緜緜葛藟在河之涘終遠兄弟謂他人母謂他人母亦莫我有

涘厓也謂其夫父者其妻則母也

緜緜葛藟在河之漘終遠兄弟謂他人昆謂他人昆亦
莫我聞
　夷上洒下曰漘聞與聞吾事也
　　葛藟三章章六句
采葛懼讒也
彼采葛兮一日不見如三月兮彼采蕭兮一日不見如
三秋兮彼采艾兮一日不見如三歲兮
　朝有讒人則下不敢有所爲采葛所以爲絺綌采蕭
　所以供祭祀采艾所以攻疾病耳雖事之無疑者猶
　不敢行畏往而有讒之者是以一日不見君而如三

月之久也

采葛三章章五句

大車刺周大夫也

大車檻檻毳衣如菼豈不爾思畏子不敢

大車諸侯之車也檻檻車聲也毳衣子男之衣也毳衣之屬衣繢而裳繡其青者如菼天子之大夫有以子男入而爲之者古者大夫巡行邦國以聽男女之訟其聽之也明而止之有道民聞其車聲而見其衣服則畏而不敢矣非待刑之而後已也蓋傷今不能矣

大車啍啍毳衣如璊豈不爾思畏子不奔

啍啍重遲貌也璊赬也

穀則異室死則同穴謂予不信有如皦日

穀生也生則有内外之别而死則同穴夫婦之正也古之聽男女之訟者非獨使淫奔者止也乃使其夫婦相與以禮久要而無相棄也

大車三章章四句

丘中有麻思賢也

毛詩之敘曰莊王之詩也

丘中有麻彼留子嗟彼留子嗟將其來施施

子嗟當時賢者留其氏也隱居於丘陵之間而殖麻麥果實以爲生者子嗟也民思其賢而庶其肯徐來從之故曰將其來施施施施徐也

丘中有麥彼留子國彼留子國將其來食

毛公曰子國子嗟父也將其來食庶幾肯來從我食也

丘中有李彼留之子彼留之子貽我佩玖

庶幾肯來遺我以善也

丘中有麻三章章四句

鄭　國風

鄭桓公友宣王之母弟食采於鄭爲幽王司徒甚得周衆與東土之人是時王室多故公懼及於難問於史伯吾何所可以逃死史伯曰其濟洛河潁之間乎是其子男之國虢鄶爲大虢叔恃勢鄶仲恃險皆有驕侈怠慢之心加之以貪冒君若以周難之故寄帑與賄焉不敢不許周亂而弊是驕而貪必將背君君若以成周之衆奉辭伐罪無不克矣若克二邑鄔蔽補丹依疇歷華君之土也若前華後河右洛左濟主芣騩而食溱洧脩典刑以守之可以少固公從之幽王十一年爲犬戎所殺桓公死之其子武公復爲周

司徒而變風始作鄭者其所食采地今華之鄭是也
及既得虢鄶施舊號於新邑則今鄭是也

緇衣美武公也

緇衣之宜兮敝予又改爲兮適子之館兮還予授子之粲兮

武公爲平王卿士緇衣其聽朝之正服也諸侯入爲卿士皆受館於王室民之愛武公不知厭也故曰子之緇衣敝歟予將爲子改爲之子適子之館歟苟還也予將授子以粲粲飧也愛之無厭之辭也

緇衣之好兮敝予又改造兮適子之館兮還予授子之

粲兮緇衣之蓆兮敝予又改作兮適子之館兮還予授子之粲兮

蓆大也

緇衣三章章四句

將仲子刺莊公也

將仲子兮無踰我里無折我樹杞豈敢愛之畏我父母仲可懷也父母之言亦可畏也

武公夫人姜氏生莊公及共叔段愛段爲請於莊公而封之京祭仲諫曰都城過百雉國之害也公不聽曰多行不義必自斃既而太叔命西鄙北鄙貳於已

公子呂又諫公曰不義不暱厚將崩及太叔完聚繕
甲兵具卒乘將以襲鄭夫人將啓之則曰可矣命子
封帥車二百乘以伐京而逐之由是觀之莊公非畏
父母之言者也欲必致叔于死耳夫叔之未襲鄭也
有罪而未至于死是以諫而不聽諫而不聽非愛之
也未得所以殺之也未得所以殺之而不禁而曰畏
我父母君子知其不誠也故因其言而記之夫因其
言而記之者以示得其情也然毛氏不知其說其敘
此詩以爲不勝其母以害其弟弟叔失道而公弗禁
祭仲諫而公弗聽小不忍以致大亂莊公豈不忍者

哉將請也仲子祭仲也杞柳屬也異姓而干公族以
謀兄弟譬如踰里而折杞也
將仲子兮無踰我牆無折我樹桑豈敢愛之畏我諸兄
仲可懷也諸兄之言亦可畏也將仲子兮無踰我園無
折我樹檀豈敢愛之畏人之多言仲可懷也人之多言
亦可畏也
檀彊忍之木也
將仲子三章章八句
叔于田刺莊公也
叔于田巷無居人豈無居人不如叔也洵美且仁

叔共叔段也叔之出田也民皆從之至於巷無居者夫豈誠無居者乎莫如叔之信美而又仁者是以從之者衆也言叔之爲人多才而好勇不義而得衆然詩人作叔于田大叔于田之詩非以惡段而以刺莊公者言莊公力能禁之而不禁俟其亂而加之以大戮也

叔于狩巷無飲酒豈無飲酒不如叔也洵美且好叔適野巷無服馬豈無服馬不如叔也洵美且武

叔于田三章章五句

大叔于田刺莊公也

二二詩皆曰叔于田故此加大以別之非謂段爲大叔
也然不知者又加大于首章失之矣
叔于田乘乘馬執轡如組兩驂如舞叔在藪火烈具舉
襢裼暴虎獻于公所將叔于狃戒其傷女
內曰服外曰驂驂服之和如舞者之中節御之善也
用火宵田也暴徒手搏之也狃習也
叔于田乘乘黃兩服上襄兩驂鴈行叔在藪火烈具揚
叔善射忌又良御忌抑磬控忌抑縱送忌
襄駕也上駕馬之最良也鴈行言與服馬相次也騁
馬曰磬止馬曰控捨拔曰縱覆彇曰送忌辭也

叔于田乘乘鴇兩服齊首兩驂如手叔在藪火烈具阜叔馬慢忌叔發罕忌抑釋掤忌抑鬯弓忌

驪白雜色曰鴇如手言如左右手之相助也掤所以覆矢也鬯弢弓也田事將畢則馬行遲發矢希旣畢則覆矢而弢弓矣

大叔于田三章章十句

淸人刺文公也

淸人在彭駟介旁旁二矛重英河上乎翺翔

文公之十二年狄入衛使高克將兵而禦狄于境高克之爲人好利而不顧其君文公欲遠之不能於是

久而不召衆散而歸高克奔陳公子素爲之賦是詩清鄭邑也彭鄭郊也高克之師皆清人也駟介馬之被甲者也二車而二矛備折毁也英矛飾也翺翔於河上非所以禦狄也以禦狄爲名而逐高克也以君而逐大夫不能而假與師焉以爲大無政刑矣故春秋書之曰鄭棄其師

清人在消駟介麃麃二矛重喬河上乎逍遥

消亦鄭郊也喬高也

清人在軸駟介陶陶左旋右抽中軍作好

軸亦鄭郊也將車御者在左戎右在右中軍上將也

言御者還旋其車而戎右抽刃以與其將習爲容好
而已
清人三章章四句

羔裘刺朝也

羔裘如濡洵直且侯彼其之子舍命不渝
緇衣羔裘諸侯之朝服也侯君也舍施也其裘光澤如濡其人信直而有君德其民稱之曰是出令而不變者言德之稱其服傷今不能然也

羔裘豹飾孔武有力彼其之子邦之司直
禮惟君用純故諸臣之羔裘以豹飾袪袖

羔裘晏兮三英粲兮彼其之子邦之彥兮

晏鮮盛貌也大卿英者才過人也粲衆也

羔裘三章章四句

遵大路思君子也

毛詩之敘曰莊公之詩也

遵大路兮摻執子之袪兮無我惡兮不寁故也

摻擥也袪袂也寁速也故舊也君子去之而欲留之

故願見之道路擥其袂而告之曰無我惡而去我君

雖失德然而不速去者舊臣之宜也

遵大路兮摻執子之手兮無我䰢兮不寁好也

魗醜通好舊好也

遵大路二章章四句

女曰雞鳴刺不說德也

女曰雞鳴士曰昧旦子興視夜明星有爛將翺將翔弋鳬與鴈弋言加之與子宜之宜言飲酒與子偕老琴瑟在御莫不靜好知子之來之雜佩以贈之知子之順之雜佩以問之知子之好之雜佩以報之

夫婦相戒以夙興婦人勉其君子曰雞既鳴明星見矣可以起從外事弋取鳬鴈歸以爲肴相與飲酒偕老而不厭且非特如此而已苟子有所招來而與之

友者吾將爲子雜佩以贈之言不留色而好德也明
星啓明也弋繳射也加中也史曰以弱弓微繳加諸
鳧鴈之上宜和其所宜也雜佩珩璜琚瑀衝牙之類
問遺也

女曰雞鳴三章章六句

有女同車刺忽也

有女同車顔如舜華將翺將翔佩玉瓊琚彼美孟姜洵
美且都

太子忽嘗有功於齊齊侯請妻之齊女賢而不取卒
以無大國之援至於見逐故國人稱同車之禮齊女

之美以刺之禮親迎則同車舜木槿也都閑也

有女同行顏如舜英將翺將翔佩玉將將彼美孟姜德音不忘

行道也

有女同車二章章六句

山有扶蘇刺忽也

毛詩之叙以爲所美非美故其言扶蘇荷華也曰此高下大小各得其宜云爾然而扶蘇非大木也鄭氏知其不可故易之曰此小人在上而君子在下之謂也然而喬松非惡木而游龍非美草則又曰此大臣

無恩而小臣放恣之謂也夫使說者勞而不得皆敘惑之也

山有扶蘇隰有荷華不見子都乃見狂且

扶蘇扶胥小木也荷華扶蕖也其華菡萏子都世之美好者也狂狂猾也夫苟高而爲扶蘇之槁不若下而爲荷華之盛也忽之爲人自潔而好名非有爲國之慮也莊公多內寵而忽辭昏於齊失大國之援終以見逐譬如扶蘇之生於山其居非不高矣而枝葉不足以自芘不如荷華之生於隰得其澤以滋大故君子以爲潔而害於國乃所謂狂耳

山有喬松隰有游龍不見子充乃見狡童

上竦無枝曰喬游放縱也龍紅草也充美也狡壯狡也忽之爲人可謂狡童矣未可謂成人也

山有扶蘇二章章四句

蘀兮刺忽也

毛詩之敘以爲君弱臣强不倡而和故曰君倡而臣和猶風起而蘀應也夫蘀兮蘀兮風其吹女此憂懼之辭而非倡和之意也

蘀兮蘀兮風其吹女叔兮伯兮倡予和女

蘀落也木槁則其蘀懼風風至而隕矣譬如人君不

能自立於國其附之者亦不可以久也故懼而相告

曰叔兮伯兮予倡也予將和女蓋有異志矣

蘀兮蘀兮風其漂女叔兮伯兮倡予要女

要成也

蘀兮二章章四句

狡童刺忽也

彼狡童兮不與我言兮維子之故使我不能餐兮

賢者欲與之圖事而忽不與故憂之不遑食也

彼狡童兮不與我食兮維子之故使我不能息兮

食祿也

狡童二章章四句

褰裳思見正也

子惠思我褰裳涉溱子不我思豈無他人狂童之狂也且子惠思我褰裳涉洧子不我思豈無他士狂童之狂也且

鄭世子忽立未逾年厲公逐之而自立四年祭仲逐厲公而召忽二年高渠彌殺之而立子亹一年齊人殺子亹及高渠彌祭仲又立子儀厲公之出奔復入居鄭櫟十四年厲公入鄭凡鄭亂二十餘年四公子爭立至厲公復入而後鄭少安故鄭人思大國

之正已曰子苟惠而思正吾亂褰裳而可以涉溱洧矣鄭無難入者子苟不我思豈無他人乎吾恐他人之先子也狂童之狂也甚矣不可緩也溱洧鄭之二水狂童忽也鄭之亂忽實啓之

褰裳二章章五句

丰刺亂也

子之丰兮俟我乎巷兮悔予不送兮

丰豐也巷門外道也君子親迎而婦人有以異志不從者旣而所與爲異不終故追念其君子云爾

子之昌兮俟我乎堂兮悔予不將兮

昌盛也將送也

衣錦褧衣裳錦褧裳叔兮伯兮駕予與行

錦衣庶人嫁者之服也伯叔君子之字也或曰錦之爲貴而褧之爲尚將濟其欲者必由禮而後可也

裳錦褧裳衣錦褧衣叔兮伯兮駕予與歸

丰四章二章章三句二章章四句

東門之墠刺亂也

東門之墠茹藘在阪其室則邇其人甚遠

除地曰墠茹藘茅蒐也除地以爲墠則茹藘在阪不在墠矣女子潔已以居於室其室雖近而其人不可

犯以非義如墠之遠茹藘也

東門之栗有踐家室豈不爾思子不我即

栗女摯也徒取栗以爲禮而可以行室家之道矣非不爾思也子不由禮故不可得也東門鄭之爲亂者之所在也故墠栗皆曰東門又曰出其東門雲

東門之墠二章章四句

風雨思君子也

風雨凄凄雞鳴喈喈旣見君子云

風且雨凄凄然雞猶守時而

居亂世而不改其度也夷說

風雨瀟瀟雞鳴膠膠既見君子云

瘳愈也

風雨如晦雞鳴不已既見君子云胡

風雨三章章四句

子衿刺學校廢也

青青子衿悠悠我心縱我不往子寧不嗣音

青衿學子之所服也禮父母在則衣純以青嗣續也
學校不脩則有去者有留者而莫之禁故留者念其
去者而責之曰我雖不往見子子曷爲不傳聲問我

手

青青子佩悠悠我思縱我不往子寧不來

青佩之組綬也

挑兮達兮在城闕兮一日不見如三月兮

挑達往來相見貌去學而游於城闕往來無所爲耳

而不來見我使我思之一日而若三月也

子衿三章章四句

揚之水閔無臣也

毛詩之敘曰忽之詩也

揚之水不流束楚終鮮兄弟維予與女無信人之言人

實廷女

揚水以求其能流雖束薪而有不能載矣譬如失衆之君雖其私暱爲之盡力以求與之而衆不與終不可得也是以稱其私相告敎之言以譏之終鮮兄弟維予與女失衆之辭也無信人之言人實迋女失衆而多疑之辭也夫苟以人言爲舉不可信則人將誰復親之者此所謂小人之愛人知愛之而不知所以愛之也

揚之水不流束薪終鮮兄弟維予二人無信人之言人實不信

揚之水二章章六句

出其東門閔亂也

出其東門有女如雲雖則如雲匪我思存縞衣綦巾聊樂我員

鄭國男女相棄有出其東門而見婦人如雲之衆而無所從者曰此非我所思安得縞衣綦巾聊以樂我哉縞衣白衣男子之服也綦巾蒼巾女子之服也思室家之樂而不可得鰥寡相見之辭也

出其闉闍有女如荼雖則如荼匪我思且縞衣茹藘聊可與娛

闉曲城也闍城臺也荼茅秀也茹藘所以染也

出其東門二章章六句

野有蔓草思遇時也

野有蔓草零露漙兮有美一人清揚婉兮邂逅相遇適我願兮

鄭人困於亂政感蔓草之得露零以生而自傷不及也故思得君子以被其膏澤思之而不可得故深思之曰苟有是人也必婉然清揚美人也鄭無是人矣然猶庶幾邂逅而見之以適其願邂逅不期而遇也故鄭伯享趙文子於垂隴子太叔賦野有蔓草文子

曰吾子之惠也意取此矣或曰有美一人婦人之謂
也然則彼姝者子何以畀之亦婦人也哉毛氏由此
故敘以男女失時思不期而會信如此說則趙文子
將不受雖與伯有同譏可也

野有蔓草零露瀼瀼有美一人婉如清揚邂逅相遇與
子偕臧

野有蔓草二章章六句

溱洧刺亂也

溱與洧方渙渙兮士與女方秉蕑兮女曰觀乎士曰既
且且往觀乎洧之外詢訏且樂維士與女伊其相謔贈

之以芍藥

渙渙冰釋而水盛也蕑蘭也訏大也芍藥香草也

溱與洧瀏其清矣士與女殷其盈矣女曰觀乎士曰既
且且往觀乎洧之外洵訏且樂維士與女伊其將謔贈
之以芍藥

瀏深也

溱洧二章章十句

穎濱先生詩集傳卷第四終

穎濱詩集傳 五之十

潁濱先生詩集傳卷第五

齊　國風

齊古爽鳩氏之虛武王以封太公望國於營丘而爲諸侯伯其地東至海西至河南至穆陵北至無棣在禹貢青州岱山之陰濰淄之野太公姜姓本四岳之後既封於齊通工商之業便魚鹽之利民多歸之故齊爲大國其後五世至哀公而變風作

雞鳴思賢妃也

毛詩之敘曰哀公之詩也

雞既鳴矣朝既盈矣匪雞則鳴蒼蠅之聲東方明矣朝

既昌矣匪東方則明月出之光

夫人不忘夙興故以蠅聲爲雞鳴以月出爲東方之

明

蟲飛薨薨甘與子同夢會且歸矣無庶予子憎

且明而百蟲作方是時也予豈不欲與子同夢歟然

羣臣之會於朝者亦欲退朝而歸治其家事是以爲

之早作庶其無以我故惡之也

雞鳴三章章四句

還刺荒也

毛詩之敘曰哀公之詩也

子之還兮遭我乎峱之閒兮竝驅從兩肩兮揖我謂我儇兮

還捷也峱山名也獸三歲曰肩儇利也言齊人好田至以還還儇相譽而不知恥之則荒之甚也

子之茂兮遭我乎峱之道兮竝驅從兩牡兮揖我謂我好兮子之昌兮遭我乎峱之陽兮竝驅從兩狼兮揖我謂我臧兮

還三章章四句

著刺時也

俟我於著乎而充耳以素乎而尚之以瓊華乎而俟我

於庭乎而充耳以青乎而尚之以瓊瑩乎而俟我於堂
乎而充耳以黃乎而尚之以瓊英乎而
門屏之間曰著禮壻親迎受婦於堂以出揖之於庭
又揖之於著於時婦人遂見君子故識其充耳之飾
充耳瑱也所以懸之者曰紞素青黃三者紞之色也
尚飾也瓊華瓊瑩瓊英三者皆美石似玉者所以爲
瑱也言此者刺時不親迎也

著三章章三句

東方之日刺衰也

東方之日兮彼姝者子在我室兮在我室兮履我卽兮

東方之月兮彼姝者子在我闥兮在我闥兮履我發兮

日升於東月盛於東其明無所不至國有明君則民之視之譬如日月常在其室家無敢欺之者行則起而從之矣及其衰也明不及民而民慢之行而無有從之者此所以爲刺衰也履行也即從也發起也

東方之日二章章五句

東方未明刺無節也

毛詩之敘曰朝廷興居無節號令不時挈壺氏不能掌其職夫雖衰亂之世蚤莫不易挈壺之職雖或失之而天㫖猶在何至於未明而顛倒衣裳哉毛氏因

東方未明不能辰夜而信以爲然其說亦已陋矣

東方未明顛倒衣裳顛之倒之自公召之

爲政必有節及其節而爲之則用力少而事舉苟爲無節緩急皆所以害政也夫東方未明起而顛倒其衣裳可謂急然猶有以爲緩而自公召之者夫起者已遽而至於顛倒矣而猶有遲之者則政將何以堪之故必將有受其害者然則東方未明尚可以徐服其服而無至於顛倒也

東方未晞顛倒裳衣倒之顛之自公令之折柳樊圃狂夫瞿瞿不能辰夜不夙則莫

夫苟不知爲政之節則或失之蚤或失之莫常不能
及事之會矣以爲尚蚤者爲之常緩以爲已晚者爲
之常遽緩者不意事之已至而遽者不知事之未及
故其所以備患者常出於倉卒而不精故曰折柳樊
圃狂夫瞿瞿爲藩以禦狂夫豈不知柳之不可用哉
無其備而不得已也此無節之過也瞿瞿狂貌也

東方未明三章章四句

南山刺襄公也

南山崔崔雄狐綏綏魯道有蕩齊子由歸既曰歸止曷
又懷止

南山齊南山也綏綏行求匹之貌也人君之尊如南山之崔崔襄公之行如雄狐之綏綏疾其以人君而爲此行也蕩平也齊子魯桓夫人文姜也襄公之妹而通於襄公婦人謂嫁曰歸懷思也

葛屨五兩冠緌雙止魯道有蕩齊子庸止既曰庸止曷又從止

葛屨五兩則屨具於下矣冠緌雙止則緌具於上矣言文姜有匹於魯而襄公有偶於齊曷爲又相從哉

蓺麻如之何衡從其畝取妻如之何必告父母既曰告止曷又鞠止

蓺樹也蓺蔴者必衡從耕其田而後種之譬如娶妻
必告父母成禮而後取之取之如此其重而曾桓曷
爲不禁使得窮極其邪行哉鞠窮也
析薪如之何匪斧不克取妻如之何匪媒不得旣曰得
止曷又極止
南山四章章六句
甫田大夫刺襄公也
無田甫田維莠驕驕無思遠人勞心忉忉
甫大也襄公無禮義而求大功不脩德而求諸侯故
告之曰無田甫田田甫田而力不給則莠盛矣無思

遠人思遠人而德不及則心勞矣田甫田則必自其小者始小者之有餘而甫田可啓矣思遠人則必自其近者始近者之既服而遠人自至矣

無田甫田維莠桀桀無思遠人勞心怛怛婉兮孌兮總角丱兮未幾見兮突而弁兮

夫欲得諸侯而求之則失諸侯之道也莊子曰君自是爲之則殆不成夫總角之童而至於突然弁也豈其求之哉其道則有所必至也君子之得諸侯亦未嘗求之矣苟脩其身而治其政令諸侯不來而將安往故夫諸侯之來非求之也不得已而受之也不得

已而受之故其來也無憂而其既來也不去此求之
至也
甫田三章章四句
盧令刺荒也
毛詩之敘曰襄公之詩也
盧令令其人美且仁
盧田犬也令令纓鐶聲也昔人以田獵相尚故聞其
纓鐶之聲而美之曰此仁人也猶還曰揖我謂我儇
兮耳
盧重鐶其人美且鬈

重鋂子母鋂也鬈好貌也

盧重鋂其人美且偲

鋂一鋂貫二也偲才也

盧令三章章二句

敝笱刺文姜也

敝笱在梁其魚魴鰥齊子歸止其從如雲

鰥大魚也笱非所以執魴鰥而又敝矣宜其魚之不制也文姜之歸于魯其從者之盛如雲則亦魯桓之所不能制也

敝笱在梁其魚魴鱮齊子歸止其從如雨

鰥似魴而弱鱗如雨多也

敝笱在梁其魚唯唯齊子歸止其從如水

唯唯出入不制也如水亦多也

敝笱三章章四句

載驅齊人刺襄公也

載驅薄薄簟茀朱鞹魯道有蕩齊子發夕

薄薄疾驅聲也簟方文席也茀車蔽也諸侯之路車

有朱革之質而羽飾襄公疾驅其車以會文姜文姜

夕發於魯而往會之莫知愧也

四驪濟濟垂轡濔濔魯道有蕩齊子豈弟

濟濟美貌也瀰瀰衆貌也豈弟樂易也

汶水湯湯行人彭彭魯道有蕩齊子翺翔

湯湯大貌也彭彭衆貌也言公與文姜會於通道衆人之中而無所愧也

汶水滔滔行人儦儦魯道有蕩齊子遊遨

載驅四章章四句

猗嗟刺魯莊公也

猗嗟昌兮頎而長兮抑若揚兮美目揚兮巧趨蹌兮射則臧兮

猗嗟歎辭也昌盛也頎長也抑美也揚秀發也揚眉

之美也蹌趨之巧也齊人傷魯莊公徒有威儀技藝
之好而不能止其母之亂也

猗嗟名兮美目清兮儀既成兮終日射侯不出正兮展
我甥兮

目上爲名目下爲清正所射於侯中者也展誠也姊
妹之子曰甥

猗嗟孌兮清揚婉兮舞則選兮射則貫兮四矢反兮以
禦亂兮

選精也貫習也四矢乘矢也反復其故處也君子之
於射也將安用之亦以禦亂焉耳今莊公徒以爲技

而已

猗嗟三章章六句

魏

魏本姬姓之國晉獻公滅之以封大夫畢萬其地南枕河曲北涉汾水舜禹之都在焉其民猶有虞夏之遺風習於儉約而晉公自僖公以來變風旣作及魏爲獻公所幷其人作詩以譏刺晉事如邶鄘之詩其實皆衛之得失故孔子之編詩列之唐詩之上亦如邶鄘衛之次然毛氏之敘魏詩則曰魏地陿隘其民機巧趨利其君儉嗇褊急國迫而數侵削役乎大國

民無所居蓋猶以爲故魏詩而不知其爲晉詩也

葛屨刺褊也

糾糾葛屨可以履霜摻摻女手可以縫裳要之襋之好人服之

糾糾疏貌也夏葛屨冬皮屨摻摻猶纖纖也女子既嫁三月廟見然後稱婦裳服之賤也君子之爲國致隆而極廣焉故其降也猶可以不陷今葛屨而以履霜及其暑者也將安用矣婦之未廟見也而使之縫裳及其成爲婦也將安使之矣故曰要之襋之好人服之襋領也要領衣之貴也衣之貴者而使是好人治

之猶有降也柰何遂使之縫裳乎

好人提提宛然左辟佩其象揥維是褊心是以爲刺

提提安諦也宛辟貌也讓而辟者必左不敢當尊也

女子始嫁而治其威儀其脩如此而可以賤事使之

歟然褊者以爲爲是無益故爲其益者而至於縫裳

也惟君子則不然懼其不容降矣

葛屨二章一章六句一章五句

汾沮洳刺儉也

彼汾沮洳言采其莫彼其之子美無度美無度殊異乎

公路

汾水出於晉其流及魏沮洳漸潤也莫酸迷也涉汾
而采莫其儉信美矣然而非法非公路之所宜爲也
彼汾一方言采其桑彼其之子美如英美如英殊異乎
公行彼汾一曲言采其藚彼其之子美如玉美如玉殊
異乎公族
藚水蕮也公路公行公族皆晉官也春秋傳曰晉成
公立始宦卿之適以爲公族其庶子爲公行趙盾請
以括爲公族而盾爲秏車秏車戎車之倅也盾庶子
也而爲秏車則秏車公行也然則公路公行一也以
其主君之路車謂之公路以其主兵車之行列謂之

公行耳

汾沮洳三章章六句

園有桃刺時也

園有桃其實之殽心之憂矣我歌且謠不知我者謂我士也驕彼人是哉子曰何其心之憂矣其誰知之其誰知之蓋亦勿思

園有桃則食桃非其園之所有則不食矣然則不耕者不可以食粟不織者不可以衣帛仁人君子不得坐而治民矣此孟子所謂許行之道魏人則有治此說者也夫必耕而後食小人之所謂難也而有人焉

且力行之尚有非之者哉維君子憂其不可而歌謡以告人而人且有謂之驕而詰之者曰彼人是矣子獨謂何乎世皆以夫人爲是而莫知其非者則將舉而從之此君子之所憂也故曰心之憂矣其誰知之人之不知其非也蓋亦喜其可喜而未思其不可也思之則其不可者見矣故曰其誰知之蓋亦勿思

園有棘其實之食心之憂矣聊以行國不知我者謂我士也罔極彼人是哉子曰何其心之憂矣其誰知之其誰知之蓋亦勿思

棘棗也聊以行國行告人以不可也極中也

園有桃二章章十二句

陟岵孝子行役思念父母也

陟彼岵兮瞻望父兮父曰嗟予子行役夙夜無已上慎旃哉猶來無止

山無草木曰岵孝子登高以望其父而不見則思其將行之戒以自慰上猶尚也可以復來無止死也

陟彼屺兮瞻望母兮母曰嗟予季行役夙夜無寐上慎旃哉猶來無棄

山有草木曰屺

陟彼岡兮瞻望兄兮兄曰嗟予弟行役夙夜必偕上慎

旃哉猶來無死
必偕必與同役者偕無獨行也
陟岵三章章六句
十畝之間刺時也
毛詩之敘曰其國削小民無所居夫國削則民逝矣未有地亡而民存者也且雖小國豈有一夫十畝而尚可以爲民者哉
十畝之閒兮桑者閑閑兮行與子還兮
此君子不樂仕於其朝之詩也曰雖有十畝之田桑者閑閑其可樂也行與子歸居之夫有十畝之田其

所以爲樂者亦鮮矣而可以易仕之樂則仕之不可
樂也甚矣
十畝之外兮桑者泄泄兮行與子逝兮
泄泄閑貌也
十畝之間二章章三句
伐檀刺貪也
坎坎伐檀兮寘之河之干兮河水淸且漣猗不稼不穡
胡取禾三百廛兮不狩不獵胡瞻爾庭有縣貆兮彼君
子兮不素餐兮
坎坎伐檀聲也檀性堅韌宜爲車耳伐檀而寘之河

上河非用車之處雖使河水清且漣而猶不見用君
子之仕於亂世其雖合也如檀之於河至于小人則
不然不稼不穡而取禾三百廛不狩不獵而縣貆於
庭矣君子不得其君不仕小人未可以取而取之矣
種之曰稼斂之曰穡百畝曰廛貉子曰貆
坎坎伐輻兮寘之河側兮河水清且直猗不稼不穡胡
取禾三百億兮不獸不獵胡瞻爾庭有縣特兮彼君子
兮不素食兮
水平則流直獸三歲曰特
坎坎伐輪兮寘之河之漘兮河水清且淪猗不稼不穡

胡取禾三百囷兮不狩不獵胡瞻庭有縣鶉兮彼君子

兮不素飧兮

淪竭也

伐檀三章章九句

碩鼠刺重斂也

碩鼠碩鼠無食我黍三歲貫女莫我肯顧逝將去女適

彼樂土樂土樂土爰得我所

碩大也重斂以自封猶鼠之食人以自養也貫事也

碩鼠碩鼠無食我麥三歲貫女莫我肯德逝將去女適

彼樂國樂國樂國爰得我直碩鼠碩鼠無食我苗三歲

貫女莫我肯勞逝將去女適彼樂郊樂郊樂郊誰之永號

勞勞來也欲適樂郊而不可得故曰誰爲樂郊可長號而求之者哉

碩鼠三章章八句

頴濱先生詩集傳卷第五終

潁濱先生詩集傳卷第六

唐　國風

唐者帝堯之舊都成王以封母弟叔虞謂之唐侯南有晉水至子燮改爲晉侯其地在禹貢太行恒山之西太原太岳之野晉侯燮之曾孫成侯始徙居曲沃其孫穆侯又徙於絳僖公之世變風既作其詩憂深思遠猶有堯之遺風故雖晉詩而謂之唐以爲此堯之舊而非晉德之所及也

蟋蟀刺晉僖公也

蟋蟀在堂歳聿其莫今我不樂日月其除無已太康職

思其居好樂無荒良士瞿瞿

蟋蟀蛩也歲寒則蛩入於堂聿遂也除去也此詩君臣相告語之辭也僖公儉而不中禮故告之曰蟋蟀在堂歲其遂莫矣而君不樂日月捨女去矣君曰無乃已太康歟吾念吾職之所居者是以不皇樂也曰不然君子之不爲樂懼其荒耳苟樂而不荒斯可矣君子之於樂也瞿瞿而不違禮耳

蟋蟀在堂歲聿其逝今我不樂日月其邁無已太康職思其外好樂無荒良士蹶蹶

既思其職又思其職之外蹶蹶敏也

蟋蟀在堂役車其休今我不樂日月其慆無已太康職
思其憂好樂無荒良士休休
歲晩則入居於室而役車止慆過也休休樂也
蟋蟀三章章八句
山有樞刺晉昭公也
山有樞隰有榆子有衣裳弗曳弗婁子有車馬弗馳弗
驅宛其死矣他人是愉
樞荎也婁亦曳也愉樂也人君有衣服車馬鍾鼓飲
食而不能用譬如山木之不采終亦腐敗摧毁歸於
無用而已

山有栲隰有杻子有庭內弗洒弗埽子有鍾鼓弗鼓弗
考宛其死矣他人是保

栲山樗也杻檍也考擊也保安也

山有漆隰有栗子有酒食何不日鼓瑟且以喜樂且以
永日宛其死矣他人入室

永引也

山有樞三章章八句

揚之水刺晉昭公也

揚之水白石鑿鑿素衣朱襮從子于沃既見君子云何
不樂

昭公始封桓叔于曲沃沃盛强昭公微弱雖欲去之
而不可得矣譬如揚水以求其能流强物之易流者
有不能流矣而况於石乎祗以益其鑿鑿耳鑿鑿潔
也民知昭公之不振也故将具諸侯之衣以從桓叔
于沃素衣中衣也襮繡領也諸侯之中衣緣以丹朱
領以黼繡

揚之水白石皓皓素衣朱繡從子于鵠既見君子云何
其憂

皓皓白也繡繡領也鵠沃之邑也

揚之水白石粼粼我聞有命不敢以告人

鄰鄰清澈也命桓叔之政命也聞而不敢以告人爲之隱也桓叔將以傾晉而民爲之隱欲其成矣

揚之水三章二章章六句一章章四句

椒聊刺晉昭公也

椒聊之實蕃衍盈升彼其之子碩大無朋椒聊且遠條且

椒之性芬烈而能奪物者也今其實蕃衍而盈升則其近之者未有不見奪者也桓叔篤碩廣大無有與敵者以桓叔之德而傾晉猶以椒之芬而奪物也故曰椒聊且遠條且言信如椒之遠芬也條長也

椒聊之實蕃衍盈掬彼其之子碩大且篤椒聊且遠條
且
兩手曰掬
椒聊二章章六句
綢繆刺晉亂也
綢繆束薪三星在天今夕何夕見此良人子兮子兮如
此良人何
綢繆猶纏綿也合異姓以爲昏姻譬如錯取衆薪而
束之耳薪之爲物束之則合而釋之則解是則綢繆
固之而後可以望其合也三星參也古者昏禮於歲

之隙昏而參見於東方則十月也於是昏禮始行矣
夫昏姻之難自其納采問名綢繆不已時至而後親
迎民之爲之也勞矣故其成也則曰今夕何夕見此
良人今夕何夕云云者幸之之辭也然而居於亂世室
家不能相保既已成昏而懼其失之也則曰子兮子
兮如此良人何子兮子兮云云者有所懟之之辭也
綢繆束芻三星在隅今夕何夕見此邂逅子兮子兮如
此邂逅何
參在東南則十月之後也
綢繆束楚三星在戶今夕何夕見此粲者子兮子兮如

此粲者何

參直於戶則正月也三女曰粲大夫一妻二妾

綢繆三章章六句

杕杜刺時也

有杕之杜其葉湑湑獨行踽踽豈無他人不如我同父

嗟行之人胡不比焉人無兄弟胡不佽焉

杕特貌也杜赤棠也湑湑盛也踽踽無所親也晉君遠其兄弟而親異姓譬如杕杜條幹不足以相扶特盛其葉耳君子欲告之而懼其不信故告其所與行之人使爲之佽比其兄弟必告其所與行者庶其無

疑之也

有杕之杜其葉菁菁獨行睘睘豈無他人不如我同姓嗟行之人胡不比焉人無兄弟胡不佽焉

杕杜二章章九句

羔裘刺晉也

羔裘豹袪自我人居居豈無他人維子之故

君之處於民上猶豹袪之在羔裘耳豹雖甚貴而以羔爲本君雖甚尊而由有民以安其居舍羔則豹無所施而無民則君無所託矣今柰何不吾恤乎且吾之所以不去非無他人也特以故舊念子耳子豈反

謂我不能去而苦我哉

羔裘豹褎自我人究究豈無他人維子之好

究久也君之所以能久於此者由有民也好舊好也

羔裘二章章四句

鴇羽刺時也

毛詩之敘曰昭公之後大亂五世君子下從征役而

作此詩

肅肅鴇羽集于苞栩王事靡盬不能蓺稷黍父母何怙

悠悠蒼天曷其有所

肅肅羽聲也苞稹也栩杍也鴇似鴈性不木止猶人

之不安於征役也盬不攻緻也怙恃也
肅肅鴇翼集于苞棘王事靡盬不能蓺黍稷父母何食
悠悠蒼天曷其有極肅肅鴇行集于苞桑王事靡盬不
能蓺稻粱父母何嘗悠悠蒼天曷其有常
行列也
鴇羽三章章七句
無衣美晉武公也
豈曰無衣七兮不如子之衣安且吉兮
禮侯伯七命冕服七章諸侯不命於天子則不成爲
君周衰諸侯有不俟王命者武公始幷晉國獨能請

命于周故曰以晉之力豈不足以爲是七章之衣乎
然而不如子之賜我安且吉也
豈曰無衣六兮不如子之衣安且燠兮
天子之卿六命車旗衣服以六爲節不敢必當侯伯
故復稱其次也燠煖也
無衣二章章三句
有杕之杜刺晉武公也
有杕之杜生于道左彼君子兮噬肯適我中心好之曷
飲食之
噬逝通杜之生於道左行者之所願休息也而特生

寡廕人是以無往就之者譬如國君士之所願事也而無恩於人彼君子則亦舍我而逝耳尚誰肯適我哉苟誠好之曷不試飲食之庶其肯從我乎

有杕之杜生于道周彼君子兮噬肯來遊中心好之曷飲食之

周曲也

有杕之杜二章章六句

葛生刺晉獻公也

葛生蒙楚蘞蔓于野予美亡此誰與獨處

獻公好戰攻君子征役不反故婦人多怨曠者婦人

之託君子譬如葛之蒙楚蘞之被野耳今予所美亡
矣將誰與哉亦獨處而已

葛生蒙棘蘞蔓于域予美亡此誰與獨息
域營域也

角枕粲兮錦衾爛兮予美亡此誰與獨旦
旦朝也物存而夫亡是以感物而思之也

夏之日冬之夜百歲之後歸于其居
夏之日冬之夜思者於是劇矣思之而不可得則曰
不可生得而見之矣要之百歲之後歸于其居而已
居墳墓也思之深而無異心此唐風之厚也

冬之夜夏之日百歲之後歸于其室

葛生五章章四句

采苓刺晉獻公也

采苓采苓首陽之巔人之爲言苟亦無信舍旃舍旃苟亦無然人之爲言胡得焉

苓大苦也首陽雷首也夷齊居其陽故謂之首陽采苓者皆曰吾於首陽取之首陽則信有苓矣而采者未必然也事蓋有似而非者獻公好聽讒言不究其實而輒從之申生之死不究其實之故也故教之曰人之爲此言以告也苟亦勿信姑置之而徐究其實

事苟不然則人之爲言者將何得焉無得而爲之者

世無有也然則不禁讒而讒自止矣

采苦采苦首陽之下人之爲言苟亦無與舍旃舍旃苟

亦無然人之爲言胡得焉

苦荼也

采葑采葑首陽之東人之爲言苟亦無從舍旃舍旃苟

亦無然人之爲言胡得焉

采苓三章章八句

秦　國風

唐虞之際臯陶之子曰伯翳佐禹治水有功舜命爲

虞官掌上下草木鳥獸賜姓曰嬴夏商之間子孫或在中國或在夷狄商之衰也中潏居於西戎以保西垂其六世孫大雒大雒適子成庶子非子非子事周孝王養馬汧渭之間馬大蕃息孝王分大雒之國爲附庸邑之秦至曾孫秦仲而犬戎滅大雒之族宣王乃以秦仲爲大夫以誅西戎而秦之變風始作其後平王東遷而秦仲之孫襄公興兵救周平王賜之岐豐之田列爲諸侯遂有西周畿內之地在禹貢荆岐終南惇物之野二十九世而并諸侯有天下故孔子敘詩列之八國之後由此故也

車鄰美秦仲也

有車鄰鄰有馬白顛未見君子寺人之令

秦自非子始封至曾孫秦仲始有車馬侍御禮樂之好鄰鄰衆車聲也白顛的顙也寺人內小臣也士之將見秦仲也則使寺人傳之凡此皆人君之常禮而秦之先君皆所未有也

阪有漆隰有栗既見君子並坐鼓瑟今者不樂逝者其耋

人君之有禮樂猶阪之有漆隰之有栗也苟不與人用之則亦爲無用之物而已故士之既見秦仲也秦

仲則與之竝坐而鼓瑟曰今者不與子樂之吾恐逝
者耋老而不能用矣
阪有桑隰有楊既見君子竝坐鼓簧今者不樂逝者其
亡
車鄰三章一章章四句二章章六句
駟驖美襄公也
駟驖孔阜六轡在手公之媚子從公于狩
駟驖驪也阜大也襄公脩其車馬乘四驪以出田其
馬碩大而馴服御者以手執其轡而已無所用巧也
於是時也襄公之臣能以道媚于國者寔從公狩言

其常與賢者共樂也

奉時辰牡辰牡孔碩公曰左之舍拔則獲

時是也辰時也禮冬獻狼夏獻麋春秋獻鹿豕羣獸故虞人翼獸以待公射必以其時於是公謂御者左之以射其左其射也舍拔而獲獸矣拔矢括也

遊于北園四馬既閑輶車鸞鑣載獫歇驕

襄公之所以能使車馬調適射中而獲多者於其平居遊於北園也則既閑習之矣四馬乘馬也輶車輕車也所以驅獸所謂驅逆之車也置鸞於鑣異於乘車也載始也獫歇驕田犬也長喙獫短喙歇驕始之

者始達其搏噬也凡此此皆遊於北園之所習也

駟驖三章章四句

小戎美襄公也

小戎俴收五楘梁輈

兵車在前啟行者元戎其次小戎俴淺也收軫也兵車之比乘車則前後淺五五束之也楘歷錄也梁輈也輈轅也轅上曲句軛謂之梁輈一輈而以革束之者五束有歷錄之文也

游環脅驅陰靷鋈續

游環靳環也游於服馬之背而貫驂之外轡以禁其

出故春秋傳曰如驂之有靳脅驅以革爲之首屬於
輈尾屬於軫著服馬之外脅以止驂之入陰揜軌也
在軾前輈上靷環附焉靷驂之所引也續續靷也綴
環於其端鋈以白金沃鏤也
文茵暢轂駕我騏馵
茵車褥也以虎皮爲之謂之文茵暢轂長轂也青黑
曰騏左足白曰馵
言念君子溫其如玉在其板屋亂我心曲
秦之西垂以板爲屋襄公屢征西戎而民樂爲之用
故矜其車馬而不厭雖婦人念其君子而亦無怨也

四牡孔阜六轡在手騏騮是中騧驪是驂

赤馬黑鬣曰騮黃馬黑喙曰騧

龍盾之合鋈以觼軜

龍盾畫龍於盾也合而載之以爲車蔽觼在軾前所以繫驂之內轡者以白金沃之軜驂之內轡納於觼者也驂之外轡則御者執之

言念君子溫其在邑方何爲期胡然我念之

君子於何爲還期乎何我念之深也

俴駟孔羣厹矛鋈錞蒙伐有苑

以薄金介馬曰俴駟孔羣言其和也厹三隅矛也錞

其鐏也蒙襍也伐盾也畫襍羽於盾苑然有文也

虎韔鏤膺交韔二弓竹閉緄縢

虎韔以虎皮飾弓室也鏤膺以刻金飾馬帶也交二弓以韔備折毀也閉檠也緄繩也縢約也弢弓則以竹爲檠以繩約之於弓隈以備損傷

言念君子載寢載興厭厭良人秩秩德音

厭厭安也秩秩有序也

小戎三章章十句

蒹葭刺襄公也

蒹葭蒼蒼白露爲霜所謂伊人在水一方遡洄從之道

阻且長遡游從之宛在水中央

蒹葭也葭蘆也蒹葭之方盛也蒼蒼其强勁而不適於用至於白露凝戾爲霜然後堅成可施於用矣襄公與於西戎知以耕戰富國强兵而不知以禮義終成之非不蒼然盛也而君子以爲未成故告之曰有賢者於是不遠也在水之一方耳胡不求與爲治哉維不以其道求之也則道阻且長不可得而見矣如以其道求之則宛然在水之中耳逆流而上曰遡洄順流而渉曰遡游

蒹葭凄凄白露未晞所謂伊人在水之湄遡洄從之道

阻且躋遡游從之宛在水中坻

水草之交曰湄躋升也坻小渚也

蒹葭采采白露未已所謂伊人在水之涘遡洄從之道

阻且右遡游從之宛在水中沚

涘厓也右出其右也小渚曰沚

蒹葭三章章八句

終南戒襄公也

此詩美襄公耳未見所以爲戒者豈以壽考不忘爲

戒之歟

終南何有有條有梅君子至止錦衣狐裘顏如渥丹其

君也哉
終南周南山也條槄也梅柟也錦衣狐裘諸侯之服
也記曰君衣狐白裘錦衣以裼之渥丹赤而澤也襄
公旣爲諸侯受服于周其人尊而悅之故曰終南則
有草木以自衣被而成其深君子則有服章以自嚴
飾而成其尊顏如渥丹其君也哉嚴憚之辭也
終南何有有紀有堂君子至止黻衣繡裳佩玉將將壽
考不忘
紀基也堂亦基也終南有畢道其旁如堂之牆青黑
爲黻五色備爲繡君子之佩玉非以爲容好而已將

使壽考而不忘禮也

終南二章章六句

黃鳥哀三良也

交交黃鳥止于棘誰從穆公子車奄息維此奄息百夫之特臨其穴惴惴其慄彼蒼者天殲我良人如可贖兮人百其身

穆公以子車氏之三子爲殉皆秦之良也國人哀之爲賦此詩言臣之託君猶黃鳥之止於木交交其和鳴今三子獨不得其死曾鳥之不若也人百其身者欲以百人贖其一身也然三良之死穆公之命也康

公從其言而不改其亦異於魏顆矣故黃鳥之詩交
譏之也

交交黃鳥止於桑誰從穆公子車仲行維此仲行百夫之防臨其穴惴惴其慄彼蒼者天殲我良人如可贖兮人百其身交交黃鳥止于楚誰從穆公子車鍼虎維此鍼虎百夫之禦臨其穴惴惴其慄彼蒼者天殲我良人如可贖兮人百其身

黃鳥三章章十二句

晨風刺康公也

鴥彼晨風鬱彼北林未見君子憂心欽欽如何如何忘

我實多

鴥疾飛貌也晨風鸇也賢者之欲仕於大國猶晨風之欲止於北林故其未獲見也欽欽而憂君柰何獨忘我而不顧乎

山有苞櫟隰有六駮未見君子憂心靡樂如何如何忘我實多

櫟柞櫟也駮榆梓也其皮青白如駮言六未詳賢者之仕於大國非特自爲也以爲山則有櫟隰則有駮可以大國而獨無其人乎

山有苞棣隰有樹檖未見君子憂心如醉如何如何忘

我實多

棣唐棣也檖赤羅也

晨風三章章六句

無衣刺用兵也

豈曰無衣與子同袍王于興師脩我戈矛與子同仇

古者君與民同其甘苦非謂其無衣也然有是袍也願與之同之故於王之興師也民皆脩其戈矛而與之同仇矣傷今無恩於民而用其死也秦本周地故其民猶思周之盛時而稱先王焉

豈曰無衣與子同澤王於興師脩我矛戟與子偕作

澤褻衣近垢汙者也

豈曰無衣與子同裳王於興師脩我甲兵與子偕行

無衣三章章五句

渭陽康公念母也

我送舅氏曰至渭陽何以贈之路車乘黃我送舅氏悠

悠我思何以贈之瓊瑰玉佩

母之兄弟曰舅康公之母晉獻公之女而文公之姊

也文公遭驪姬之難未反而秦姬卒穆公之納文公

而康公送之渭陽傷母之不及見而作是詩

渭陽二章章四句

權輿刺康公也

於我乎夏屋渠渠今也每食無餘吁嗟乎不承權輿

穆公好賢居之以大屋渠渠其深廣至於康公而遇之薄矣食之無餘者故曰不承權輿權輿始也

於我乎每食四簋今也每食不飽吁嗟乎不承權輿

權輿二章章五句

潁濱先生詩集傳卷第六終

穎濱先生詩集傳卷第七

陳　國風

陳大皡伏犧氏之墟今淮陽郡是也昔帝舜之冑有虞閼父爲武王陶正武王賴其利器用與神明之後封其子嬀滿於陳都於宛丘之側妻以元女大姬其封域在禹貢豫州之東其地廣平無名山大川西望外方東不及孟豬大姬婦人尊貴好祭祀巫覡歌舞之事其民化之五世至幽公淫荒遊蕩無度國人刺之而陳之變風始作然原其風出於大姬蓋列國之風皆有所自起方周之盛時王澤充塞其善者篤於

善不善者以禮自將亦不至於惡其後周德既衰諸侯各因其舊俗而增之善者因善以入於惡而不善者日以益甚故晉以堯之遺風爲儉不中禮陳以大姬之餘俗爲遊蕩無度亦理勢然也

宛丘刺幽公也

子之湯兮宛丘之上兮洵有情兮而無望兮

湯蕩湯也外高中下曰宛丘幽公遊蕩無度信有情矣然而無威儀以爲民望

坎其擊鼓宛丘之下無冬無夏值其鷺羽

坎鼓聲也值持也白鷺之羽可以爲舞者之翳

坎其擊缶宛丘之道無冬無夏值其鷺翿

缶盎屬

宛丘三章章四句

東門之枌疾亂也

東門之枌宛丘之栩子仲之子婆娑其下

東門宛丘爲亂者之所期會也枌白榆也栩杼也子仲陳大夫氏也婆娑舞也

穀旦于差南方之原不績其麻市也婆娑

穀善也差擇也爲亂者相告以良日相差擇而推南方原氏之女原與子仲陳大夫之著也今而猶然則

其民可知矣

穀旦於逝越以鬷邁視爾如荍貽我握椒

逝往也越於也鬷麻緫也荍芘芣也小草而多華男女旣相告以相差擇令則又相告而往矣於是遂以其麻行往會之於其會也相謔以荍而相遺以椒相與爲淫蕩而莫知耻也

東門之枌三章章四句

衡門誘僖公也

衡門之下可以棲遲泌之洋洋可以樂飢豈其食魚必河之魴豈其取妻必齊之姜豈其食魚必河之鯉豈其

取妻必宋之子
衡門横木爲門也棲遲遊息也泌泉水也夫棲遲必
大屋樂飢必飲食食魚必魴鯉取妻必姜子此四者
誰不欲之然人未嘗必此四者而後可以爲必此四
者而後可則終身有不獲者故從其所有而爲之及
其至也雖天下之美無加焉不然雖有天下之至美
而常挾不足之心以待之則終亦不爲而已矣僖公
自謂小國無意於爲治故陳此以誘之
衡門三章章四句
東門之池刺時也

東門之池可以漚麻彼美淑姬可與晤歌

漚柔也晤遇也陳君荒淫無度而國人化之皆不可告語故其君子思得淑女以化之於內婦人之於君子日夜處而無間庶可以漸革其纂如池之漚麻漸漬而不自知也

東門之池可以漚紵彼美淑姬可與晤語

紵麻屬

東門之池可以漚菅彼美淑姬可與晤言

菅茅也

東門之池三章章四句

東門之楊刺時也
東門之楊其葉牂牂昏以爲期明星煌煌
牂牂盛極貌也昏禮以歲之隙楊葉牂牂則春夏之交也時既已晚矣幸其成禮而昏以爲期至於明星煌煌而又不至是以怨之也
東門之楊其葉肺肺昏以爲期明星晳晳
肺肺亦盛極也
東門之楊二章章四句
墓門刺陳佗也
墓門有棘斧以斯之夫也不良國人知之知而不已誰

昔然矣

陳佗陳文公之子而桓公之弟也桓公疾病佗殺其太子免而代之桓公之世陳人知佗之不臣矣而桓公不去以及於亂是以國人追咎桓公以爲桓公之智不能及其後故以墓門刺焉夫墓門而生棘亦以斧析之則已不然吾恐女死而棘盛以害女墓也斯析也夫陳佗也佗之不良國人莫不知之者知而不之去昔者誰爲此乎蓋歸咎桓公也然毛氏不知墓門之爲桓公而以爲陳佗故以斧鴞皆爲佗之師傅其序此詩亦曰佗無良師傅以至於不義惡加于萬

民失之矣

墓門有梅有鴞萃止夫也不良歌以訊之訊予不顧顛倒思予

梅柟也鴞惡聲鳥也萃集也墓門有梅而鴞則集之梅雖善將得全乎桓公之沒也雖有太子免以爲後而佗在焉求太子之無危不可得矣訊告也告之而不予顧至顛沛而後念吾言矣夫顛沛而後念其言則已晚矣

墓門二章章六句

防有鵲巢憂讒賊也

毛詩之序曰宣公之詩也

防有鵲巢邛有旨苕誰侜予美心焉忉忉

防邛皆丘陵也苕草也防有鵲巢衆鳥皆得居之邛有旨苕衆人皆得采之朝有讒人而君不明則君子不保其祿位譬如鵲巢旨苕恐爲人所奪耳侜張誑也予之所美謂君也

中唐有甓邛有旨鷊誰侜予美心焉惕惕

唐堂塗也甓瓴甋也鷊綬草也唐之有甓衆人所得踐履也邛之有鷊亦衆人所得共采也

防有鵲巢二章章四句

月出刺好色也

月出皎兮佼人僚兮舒窈糾兮勞心悄兮月出皓兮佼人懰兮舒懮受兮勞心慅兮月出照兮佼人燎兮舒夭紹兮勞心慘兮

婦人之美盛如月出之光僚懰皆好也燎明也舒遲也窈糾懮受夭紹皆舒之姿也悄慅慘皆憂也思而不見則憂矣

月出三章章四句

株林刺靈公也

胡爲乎株林從夏南匪適株林從夏南

靈公與其大夫孔寧儀行父淫於夏徵舒之母朝夕而往夏氏之邑故其民相與語曰君朝爲乎株林乎將以從夏南耳非徒適株林也將以從夏南耳株林夏氏邑南徵舒字也

駕我乘馬說于株野乘我乘駒朝食于株

株林二章章四句

澤陂刺時也

毛詩之序曰靈公之詩也

彼澤之陂有蒲與荷有美一人傷如之何寤寐無爲涕泗滂沱

陂澤障也婦人之色如蒲荷之美思而不見故憂傷
涕泗也自目曰涕自鼻曰泗
彼澤之陂有蒲與蕑有美一人碩大且卷寤寐無爲中
心悁悁
蕑蘭也卷好也悁悁猶悒悒也
彼澤之陂有蒲菡萏有美一人碩大且儼寤寐無爲輾
轉伏枕
詩止於陳靈何也古之說者曰王澤竭而詩不作是
不然矣乎以爲陳靈之後天下未嘗無詩而仲尼有
所不取也蓋亦嘗原詩之所爲作者乎詩之所爲作

者發于思慮之不能自已而無與乎王澤之存亡也是以當其盛時其人親被王澤之純其心和樂而不流於是焉發而爲詩則其詩無有不善則今之正詩是也及其衰也有所憂愁憤怒不得其平淫泆放蕩不合於禮者矣而猶知復反於正故其爲詩也亂而不蕩則今之變詩是也及其大亡也怨君而思叛越禮而忘反則其詩遠義而無所歸嚮繇是觀之天下未嘗一日無詩而仲尼有所不取也故曰變風發乎情止乎禮義發乎情民之性也止乎禮義先王之澤也先王之澤尚存而民之邪心未勝則猶取焉以爲

變詩及其邪心大行而禮義日遠則詩淫而無度不可復取故詩止於陳靈而非天下之無詩也有詩而不可以訓焉耳故曰陳靈之後天下未嘗無詩由此言之也

澤陂三章章六句

檜　國風

檜高辛氏火正祝融之墟在禹貢豫州外方之北滎波之南居溱洧之間祝融氏八姓唯妘姓檜實處其地周衰爲鄭桓公所滅其世次微滅不傳故其作詩之世不可得而推也

羔裘大夫以道去其君也

羔裘逍遥狐裘以朝豈不爾思勞心忉忉

緇衣羔裘諸侯之朝服也錦衣狐裘所以朝天子之服也檜君好盛服故以其朝服燕而以其朝天子之服朝夫君之爲是也則過矣然而非大惡也而大夫以是去之何哉孔子之去魯爲女樂故也而曰膰肉不至蓋諱其大惡而以微罪行檜大夫之羔裘則孔子之膰肉也歟此所謂以道去其君也

羔裘翱翔狐裘在堂豈不爾思我心憂傷羔裘如膏日出有曜豈不爾思中心是悼

如膏言光澤也

羔裘三章章四句

素冠刺不能三年也

庶見素冠兮棘人欒欒兮勞心慱慱兮

庶幸也喪禮旣祥祭而縞冠素紕棘急也君子之居喪皇皇若無所容者此所謂棘人也欒欒瘠貌也慱慱憂勞也慱憂不見是人也

庶見素衣兮我心傷悲兮聊與子同歸兮

除成喪者其祭也朝服縞冠朝服緇衣素裳素衣者素裳也聊與子同歸云者願見有禮之人與之同歸

也

庶見素韠兮我心蘊結兮聊與子如一兮

禮韠從裳色故韠亦以素記曰子夏三年之喪畢見於夫子援琴而絃衎衎而樂作而曰先王制禮不敢不及也夫子曰君子也閔子騫三年之喪畢見於夫子援琴而絃切切而哀作而曰先王制禮不敢過也夫子曰君子也子路曰何爲皆君子也夫子曰子夏哀已盡能引而致之於禮閔子哀未盡能自割以禮夫三年之喪賢者之所輕而不敢過不肖者之所難而不敢不勉此所謂如一也

素冠三章章六句

隰有萇楚疾恣也

隰有萇楚猗儺其枝夭之沃沃樂子之無知

萇楚銚弋也蔓而不纍其枝猗儺而已以喻君子有欲而不留欲也夭少也沃沃柔和也君子幸其少而柔和不樂其有知而恣也

隰有萇楚猗儺其華夭之沃沃樂子之無家隰有萇楚猗儺其實夭之沃沃樂子之無室

隰有萇楚三章章四句

匪風思周道也

匪風發兮匪車偈兮顧瞻周道中心怛兮

周道既喪諸侯爲慓疾之政非風也而其至發發非車也而其行偈偈是以顧瞻周道而怛然傷之也

匪車飄兮匪車嘌兮顧瞻周道中心弔兮

廻風爲飄飄嘌嘌無節度也

誰能亨魚漑之釜鬵誰將西歸懷之好音

鬵釜屬亨魚煩則碎治民煩則散善亨魚者亦潔其釜鬵安以待其熟耳周之先王其所以治民者亦猶是也安用慓疾之政爲哉誠有能復爲周家之安靖民皆以好音歸之矣西周所在也

匪風三章章四句

曹國風

曹今之濟陰郡武王以封弟叔振鐸其地在禹貢兖州陶丘之北雷夏荷澤之野昔堯嘗遊成陽死而葬焉舜漁雷澤其民化之其遺俗重厚多君子務稼穡薄衣食以致蓄積介於魯衛之間又寡於患難末時富而無教乃更驕侈十一世昭公立而變風遂作

蜉蝣刺奢也

毛詩之敘曰昭公之詩也

蜉蝣之羽衣裳楚楚心之憂矣於我歸處

蜉蝣渠略也朝生而夕死方其生也不知慮死而自好其羽翼曹君危亡之不恤而楚楚然潔其衣服如蜉蝣也是以君子悲其淺陋而知其不能慮遠憂其國以及其身曰我將於何歸處乎

蜉蝣之翼采采衣服心之憂矣於我歸息蜉蝣掘閱麻衣如雪心之憂矣於我歸說

掘閱掘地解閱也麻衣深衣也諸侯朝則朝服夕則深衣

蜉蝣三章章四句

候人刺近小人也

毛詩之敘曰共公之詩也

彼候人兮何戈與祋彼其之子三百赤芾

候人掌道路送迎賓客而爲之衛故何戈與祋夫候人則知何戈與祋而已而君寵之至使之服赤芾者三百人何哉祋殳也芾韠也一命緼芾黝珩再命赤芾黝珩三命赤芾葱珩大夫以上赤芾乘軒晉文公之入曹數之以乘軒者三百人即此歟

維鵜在梁不濡其翼彼其之子不稱其服

鵜洿澤當在水中求食而已今乃處魚梁之上曾不濡翼而得魚以爲食譬如小人當何戈而役耳今乃

處朝廷而服赤芾

維鵜在梁不濡其味彼其之子不遂其媾

味喙也遂達也與小人爲婚媾未有達者也

薈兮蔚兮南山朝隮婉兮孌兮季女斯饑

薈蔚雲興貌也小人朋黨相援並進於朝如南山之升雲薈蔚而上莫之能止君子守道困窮於下如幼弱之女雖有饑寒之患而婉孌自保不妄從人季女者無求於人而人之所當求也

候人四章章四句

鳲鳩刺不一也

鳲鳩在桑其子七兮淑人君子其儀一兮其儀一兮心如結兮

鳲鳩秸鞠也鳲鳩之哺其子朝從上下莫從下上平均如一君子之於人其均一亦如是也儀其見於外者有外爲一而心不然者矣君子之一也非獨外爲之其中亦信然也故曰其儀一兮心如結兮

鳲鳩在桑其子在梅淑人君子其帶伊絲其帶伊絲其弁伊騏

騏或作璂璂弁之結飾以玉爲之帶伊絲矣而弁不璂則爲充於下而不充於上上下有一不充則爲不

一矣君子之行無不充足者故周旋反復視之而無不如一譬如絲帶而充之以璂弁耳夫無一不然者一之至也德未充而求其能一不可得也既已充矣而求其有一不然亦不可得也

鳲鳩在桑其子在棘淑人君子其儀不忒其儀不忒正是四國鳲鳩在桑其子在榛淑人君子正是國人正是國人胡不萬年

鳲鳩則在桑而已其子則不可常也以其愛之則宜其無所不從然以爲從其在梅則失其在棘從其在棘則失其在榛是以居一以俟之而無不及者此得

一之要也

鳲鳩四章章四句

下泉思治也

毛詩之敘曰共公之詩也

洌彼下泉浸彼苞稂愾我寤歎念彼周京

洌寒也下泉泉之下流者也苞本也稂童梁也稂非溉草得水則病民之苦於虐政猶稂之得下泉也愾歎聲也

洌彼下泉浸彼苞蕭愾我寤歎念彼京周

蕭蒿也

洌彼下泉浸彼苞蓍愾我寤歎念彼京師芃芃黍苗陰雨膏之四國有王郇伯勞之

芃芃盛也稂蕭蓍黍皆非溉草而下泉陰雨皆水也然稂蕭著以病而黍苗以盛則下泉無度而雨有節也國之有王事皆非民所樂也然得君子以勞來之則民不至於病矣郇伯文王之子郇侯爲州伯也

穎濱先生詩集傳卷第七終

頴濵先生詩集傳卷第八

豳　國風

豳邠之栒邑也昔公劉自邰出居於豳脩后稷之業勤恤愛民民咸歸之周之王迹實始於此故周公遭二叔之難而作七月之詩言后稷公劉勤勞民事致王業之艱難文武受命功未及究而沒成王尚幼恐其不能承以墜先公之功是以周公當國而終成之故七月者道周公之所以當國而不辭也周公之所以當國而不辭者重王業之艱難也然是詩則言豳公而已不及於周公故謂之豳而以周公之詩附之

夫豳公之詩一國之風也周公之詩一人之事也以爲皆非天下之政是故得爲風而不得爲雅也昔之言詩者以爲此詩作於周公之遭變故謂之豳之變風夫言正變者必原其時原其時則得其實衛武衛文鄭武秦襄之詩一時之正也而不得爲正何者其正未足以復變也周公成王之際而有一不善是亦一時之變爲耳孰謂一時之變而足以敗其數百年之正也哉

七月陳王業也

七月流火九月授衣一之日觱發二之日栗烈無衣無

褐何以卒歲

此詩言月者夏正也言日者周正也火大火也大火寒暑之候也春秋傳曰火星中而寒暑退流下也火流而將寒九月而寒至可以授冬衣矣至於十一月風至而觱發十二月寒盛而栗烈苟其無衣與無褐也則何以卒歲乎故九月不可以不授衣九月不可以不授衣則其慮衣也不可以不早矣褐毛布也

三之日于耜四之日舉趾同我婦子饁彼南畝田畯至喜

豳土晚寒正月始修耒耜而二月舉足以耕於其耕

也丁壯無不適野故饁者其婦子也於是田畯來而
喜之不譴矣饁饋也田畯田大夫也此章陳衣食之
始餘章終之也

七月流火九月授衣春日載陽有鳴倉庚女執懿筐遵
彼微行爰求柔桑

倉庚離黃也懿筐深筐也微行小逕也柔桑穉桑也
蠶之始生宜之知九月之將授衣故於春日之陽而
倉庚之鳴也女子行求柔桑以事蠶矣

春日遲遲采蘩祁祁女心傷悲殆及公子同歸

蘩白蒿也所以生蠶祁祁衆也古者昏禮於歲之交

故女子之處者怨慕悲傷思以是時歸于公子

七月流火八月萑葦蠶月條桑取彼斧斨以伐遠揚猗彼女桑

薍為萑葭為葦隋銎斧方銎斨枝落而采之曰條取葉存條曰猗猗長也葉盡則條猗猗其長也少枝長條曰女桑知火流之將寒故八月則采萑葦以備來歲之曲簿至於蠶盛之月則桑無所不取其遠條揚起不可手致者伐取之少枝長條不可枝落者猗取之於是而桑事畢矣

七月鳴鵙八月載績載玄載黃我朱孔陽為公子裳

鵙伯勞也五月陰氣至則鳴豳地晚寒故鳥物之候
或從其氣焉績治麻也至是絲事畢而麻事起矣玄
黑而有赤也朱深纁也陽明也
四月秀葽五月鳴蜩八月其穫十月隕蘀
不榮而實曰秀葽未詳蜩螗也穫禾也隕墜也蘀
落也四者物成而將寒之候
一之日于貉取彼狐狸為公子裘二之日其同載纘武
功言私其豵獻豣于公
于貉往搏貉也十一月鳥獸氄毛其皮可取於是搏
其狐狸以與公子為裘至於十二月則君與民皆出

以繼武事凡言公子猶言君子也從其貴者言之耳
豕一歲曰豵三歲曰豜大獸公之小獸私之
五月斯螽動股六月莎雞振羽七月在野八月在宇九
月在戶十月蟋蟀入我牀下
斯螽蚣蝑也莎雞天雞也蟋蟀暑則在野寒則依人
故自七月漸寒至于十月則入於牀下言此三物者
著寒之有漸非卒來也
穹窒熏鼠塞向墐戶嗟我婦子曰爲改歲入此室處
穹窮也窒塞也向牖也墐塗也改歲十一月周正也
十月蟋蟀入伏於牀下知大寒之將至於是相告以

葺其室廬穹窒隙穴塞牖塗戶以禦寒之入蓋民之
所以備寒者至此而後畢

六月食鬱及薁七月亨葵及菽八月剝棗十月穫稻爲
此春酒以介眉壽

春夏食去歲之蓄至于六月始有果實成而可食鬱
棣屬也薁蘡薁也剝擊也春酒凍醪也冬釀而夏熟
介助也養老者必有酒以助養其氣夏不可以釀故
爲此酒以繼之

七月食瓜八月斷壺九月叔苴采荼薪樗食我農夫
壺瓠也叔拾也苴麻子也樗惡木也

九月築場圃十月納禾稼黍稷重穋禾麻菽麥嗟我農
夫我稼旣同上入執宮功晝爾于茅宵爾索綯亟其乘
屋其始播百穀
春夏爲圃秋冬爲場故須築以待納禾稼先種後熟
曰重後種先熟曰穋同聚也綯絞也乘登也農事旣
畢故相告以入都邑治宮室晝取茅而夜索之以綴
補屋之弊漏幷及其私室曰將復始播來歲之穀不
暇治屋矣
二之日鑿冰沖沖三之日納于凌陰四之日其蚤獻羔
祭韭

古者藏冰發冰以節陽氣之盛陽氣之在天地譬猶火之著於物也故常有以解之十二月陽氣蘊伏錮而未發其盛在下則納冰於地中故曰日在北陸而藏冰至於二月四陽作蟄蟲起陽始用事則亦始啓冰而廟薦之故曰仲春獻羔開冰先薦寢廟至於四月陽氣畢達陰氣將絶則冰於是大發食肉之祿老疾喪浴冰無不及故曰火出而畢賦人之居大冬也血氣收縮陽處於内於是厚衣而寒食及其居大夏也血氣發越陽散於外於是薄衣而溫食不然盛者將過而爲厲藏冰發冰亦猶是也申豐言其藏之

也深山窮谷固陰沍寒於是乎取之其出之也朝之
祿位賓食喪祭於是乎用之其藏之也周其用之也
徧則冬無愆陽夏無伏陰春無淒風秋無苦雨雷出
不震無災霜雹疾厲不降民不夭札今藏川池之冰
弃而不用風不越而殺雷不發而震雹之爲災誰能
禦之此之謂也
九月肅霜十月滌場朋酒斯饗曰殺羔羊躋彼公堂稱
彼兕觥萬壽無疆
滌埸也於是場功畢國君因其閒暇而勞饗其羣臣
朋友

七月八章章十一句

鴟鴞周公救亂也

鴟鴞鴟鴞既取我子無毀我室恩斯勤斯鬻子之閔斯

周公東伐二叔既克而成王未信故爲此詩以遺王鴟鴞惡鳥也鳥之有巢者呼而告之曰既取我子矣無復毀我室周之先王勤勞以造周如鳥之爲巢苟取其子而又毀其室是重傷之也管蔡既已出周公矣王又不信而誅周公周公誅而王業壞矣恩愛也鬻子稚子也先王之愛其室家與其勤之者至矣庶幾稚子之閔之而已稚子謂成王也

迨天之未陰雨徹彼桑土綢繆牖戸今女下民或敢侮予

桑土桑根也爲國者如鳥之爲巢及天下之未雨而徹桑之根以綢繆其牖戸矣今女下民乃敢侮予將敗我成業也

予手拮据予所捋荼予所蓄租予口卒瘏曰予未有室家

拮据撠挶也荼萑苕也租亦蓄也瘏病也以手捋荼則至於拮据以口蓄租則至於卒瘏予之所以勤勞病瘁而不辭者曰予未有室家故也柰何旣成而將

或毀之哉

予羽譙譙予尾翛翛予室翹翹風雨所漂搖予維音嘵嘵

譙譙殺也翛翛敝也翹翹危也嘵嘵急也爲室之勞至於羽殺尾敝室成而風雨漂搖之則其音得無急乎

鴟鴞四章章五句

東山周公東征也

我徂東山慆慆不歸我來自東零雨其濛

慆慆久也周公東征三年而歸勞歸士而作此詩也言

士之從者旣久於外及其歸也則又遇雨士於此尤苦故於四章每言之

我東曰歸我心西悲制彼裳衣勿士行枚蜎蜎者蠋烝在桑野敦彼獨宿亦在車下

勿物通枚一也蠋桑蟲也烝塵也東征之士皆西人也方其在東未嘗不曰歸耳而未可以歸故其心念西而悲其室家於是爲之制其衣裳而使往遺之於其往也戒之使物色其士行求而人人與之曰彼蠋也則可以久在桑野吾君子豈亦蠋哉而亦敦然獨宿於車下

我徂東山慆慆不歸我來自東零雨其濛果蠃之實亦施於宇伊威在室蠨蛸在戶町畽鹿場熠燿宵行不可畏也伊可懷也

果蠃栝樓也伊威委黍也蠨蛸長踦也町畽鹿跡也熠燿螢火也家無人則五物至矣非是畏也所以令人憂思耳

我徂東山慆慆不歸我來自東零雨其濛鸛鳴于垤婦歎于室洒埽穹窒我征聿至有敦瓜苦烝在栗薪自我不見于今三年

垤蟻冢也瓜苦瓜之苦者鸛好水將雨則長鳴而喜

婦人念其君子既歸而又遇雨故歎既而知其將至
也則洒埽穹室以待之瓜之苦者人所不取敦然著
於栗薪而不去婦人之從君子當如是也是以自我
不見于今三年而不辭也
我徂東山慆慆不歸我來自東零雨其濛倉庚于飛熠
燿其羽之子于歸皇駁其馬親結其縭九十其儀其新
孔嘉其舊如之何
此章歸士與其室家相說好追道其始昏之辭也倉
庚飛而熠燿其羽譬如婦人之嫁而盛其禮也馬黃
白曰皇騂白曰駁女之嫁也母戒之施衿結帨九十

言多儀也

東山四章章十二句

破斧美周公也

旣破我斧又缺我斨周公東征四國是皇哀我人斯亦孔之將

皇匡也將大也斧斨破而斨存尚有以爲用也斧破而斨缺則盡矣管蔡流言以危周公周公危而成王安尚可也周公危而成王無與爲其國則成王亦危矣故曰周公之東征亦四方是爲非以救其身也使周公嫌於救其身潔身而退以避二叔之難則其亂將

及於四方如是而周公亦清矣然而未免於小也維
不嫌于自救哀人之不治以誅管蔡而後可以爲大
既破我斧又缺我錡周公東征四國是吪哀我人斯亦
孔之嘉
錡鑿屬吪化也
既破我斧又缺我銶周公東征四國是遒哀我人斯亦
孔之休
銶木屬遒固也
破斧三章章六句
伐柯美周公也

伐柯如何匪斧不克取妻如何匪媒不得

伐柯而不用斧取妻而不用媒豈可得哉今成王欲治國棄周公而不召亦不可得也

伐柯伐柯其則不遠我覯之子籩豆有踐

用斧以伐柯非謂其能伐之而已以爲執柯以伐柯其則不遠也治國而用周公亦豈以其能治之而已哉以爲使周公在上而天下化之可以不勞而治焉耳故人之見周公者亦見其籩豆有踐而已非有以異於人也惟其所過者化所存者神爲不可及耳踐行列貌也

伐柯二章章四句

九罭美周公也

九罭之魚鱒魴我覯之子袞衣繡裳

罭罟囊也九罭言其大也鱒魴大魚也袞衣繡裳上公服也求大魚者必大網見周公者不可不以上公之服也

鴻飛遵渚公歸無所於女信處

渚鴻之所當在也信再宿也周公居東周人思復召之而恐東人之欲留公也故告之曰周公之在周譬如鴻之於渚亦其所當在也昔也公歸而無所是以

於女信處苟獲其所矣豈復於女長處哉

鴻飛遵陸公歸不復於女信宿

鴻飛而遵陸不得巳也周公之在東亦猶是矣非其所願居也苟其得巳則義當復西耳不復者不復其舊也

是以有衮衣兮無以我公歸兮無使我心悲兮

東人安於周公不欲其復西故曰使公居是以有衮衣可也無以公歸而使我悲也言周公之於天下無有不欲巳得而親事之者也

九罭四章章三句

狼跋美周公也

狼跋其胡載疐其尾公孫碩膚赤舄几几

跋躐也疐跲也公孫周公周公豳公孫也碩大也膚美也赤舄屨之盛也老狼有胡其進也如將躐其胡其退也如將跲其尾然而胡尾未嘗能爲狼累也周公之輔成王亦多故矣二叔流言以病其外成王不信以憂其內人之視周公如視狼然前憂其躐胡而後憂其跲尾也然周公居之從容自得而二患皆釋人徒見其屨赤舄几几然安且閒而不知其解患釋難之方也

狼疐其尾載跋其胡公孫碩膚德音不瑕

周公既出而作七月未還而作鴟鴞既還而作東山故豳風著此三詩以目周公出入之次而後列周人美公之詩此豳詩所以爲先後也

狼跋二章章四句

穎濱先生詩集傳卷第八終

潁濱先生詩集傳卷第九

鹿鳴之什　小雅

小雅之所以爲小大雅之所以爲大何也小雅言政事之得失而大雅言道德之存亡政事雖大形也道德無小不可以形盡也蓋其所謂小者謂其可得而知量盡於所知而無餘也其所謂大者謂其不可得而知沛然其無涯者也故雖爵命諸侯征伐四國事之大者而在小雅行葦言燕兄弟耆老靈臺言麋鹿魚鼈蕩刺飲酒號呼韓奕歌韓侯取妻皆事之小者而在大雅夫政之得失利害止於其事而道德之存

亡所指雖小而其所及者大矣毛詩之敘曰雅者政
也政有大小故有小雅焉有大雅焉以二雅爲皆政
也而有小大之異蓋未之思歟

鹿鳴燕羣臣嘉賓也

呦呦鹿鳴食野之苹我有嘉賓鼓瑟吹笙吹笙鼓簧承
筐是將人之好我示我周行

苹藾蕭也筐篚屬所以行幣帛也周忠信也鹿食於
野無所畏忌則悠然自得而鳴呦呦矣我有嘉賓而
禮樂以燕之從容以盡其歡使其自得如鹿之食苹
則夫思以忠信之道示我矣忠信者可以願得之而

不可强取也
呦呦鹿鳴食野之蒿我有嘉賓德音孔昭視民不恌君
子是則是傚我有旨酒嘉賓式燕以敖
視觀也恌輕也敖遊也
呦呦鹿鳴食野之芩我有嘉賓鼓瑟鼓琴鼓瑟鼓琴和
樂且湛我有旨酒以燕樂嘉賓之心
芩草也湛樂之久也
鹿鳴三章章八句
四牡勞使臣之來也
皇皇者華以遣使臣四牡以勞其來以事言之當先

遣後勞今先勞而後遣何也鹿鳴之三常施於禮樂
不獨用於勞遣故燕禮鄉飲酒歌焉意者以其聲爲
先後歟
四牡騑騑周道倭遲豈不懷歸王事靡盬我心傷悲
騑騑行不止也倭遲歷遠之貌也王事無不堅固者
是以不獲歸而傷悲也
四牡騑騑嘽嘽駱馬豈不懷歸王事靡盬不遑啓處
嘽嘽喘息也白馬黑鬣曰駱啓跪也處居也
翩翩者鵻載飛載下集于苞栩王事靡盬不遑將父
鵻夫不夫不祝鳩孝鳥也春秋傳曰祝鳩氏司徒也

謂其孝故爾是以孝子不獲養而稱焉鵻之飛也則
亦下而集於栩不若使者之久行不返不獲養父母
也將養也
翩翩者鵻載飛載止集于苞杞王事靡盬不遑將母
杞枸檵也
駕彼四駱載驟駸駸豈不懷歸是用作歌將母來諗
駸駸驟貌也諗告也使者未嘗不懷歸也故君爲作
此歌於其來而告之以其欲養父母之意獨言將母
因四章之文也
四牡五章章五句

皇皇者華君遣使臣也

皇皇者華於彼原隰駪駪征夫每懷靡及

皇皇煌煌也高平曰原下濕曰隰駪駪衆也煌煌之華生於原隰而不知原隰之異維其所在而無不煌煌者臣奉君命以出而每懷不及事之憂不忘咨訪不以遠近險易易其心亦如華之無不煌煌也

我馬維駒六轡如濡載馳載驅周爰咨諏

周忠信也爰於也訪問於善爲咨咨事爲諏

我馬維騏六轡如絲載馳載驅周爰咨謀

咨難爲謀

我馬維駱六轡沃若載馳載驅周爰咨度
咨禮為度
我馬維駰六轡既均載馳載驅周爰咨詢
陰白襍毛曰駰咨親為詢
皇皇者華五章章四句
常棣燕兄弟也
春秋外傳曰周文公之詩也蓋傷管蔡之失道而作
之以親兄弟
常棣之華鄂不韡韡凡今之人莫如兄弟
常棣棣也鄂其承華者也未有華盛於上而鄂不韡

韡者也兄弟之相爲益亦猶是矣故曰凡今之人莫如兄弟以爲小人好以親爲怨而樂從其疏也故此詩每陳朋友之不足恃者以告之

死喪之威兄弟孔懷原隰裒矣兄弟求矣

兄弟之相懷不見於其平居而見於死喪之威令使人失其常居而聚於原隰之間則他人相舍而兄弟相求矣裒聚也

脊令在原兄弟急難每有良朋況也永歎

脊令雝渠也飛則鳴行則搖不能自舍人之急難相救不舍斯須如脊令者唯兄弟也雖有良朋其甚者

不過爲之長歎息而已況甚也

兄弟鬩于牆外禦其務每有良朋烝也無戎

鬩很也務當作侮烝塵也兄弟雖內鬩而不廢禦外侮使朋友而相怨也其能久者無爲戎以害已則善矣尚可望其禦侮哉

喪亂既平既安且寧雖有兄弟不如友生

人居平安之世不知兄弟之可恃而以至親相責望則兄弟常多過失易以生怨故有以朋友爲賢於兄弟者夫觀人於平安則不能得其實其必試之於患難而後得之

儐爾籩豆飲酒之飫兄弟既具和樂且孺

儐陳也飫饜也孺屬也患世之疏遠其兄弟故教之陳其籩豆飲酒至飫使兄弟具來以觀其樂否苟樂也則其疏之者過矣

妻子好合如鼓瑟琴兄弟既翕和樂且湛

妻子以好合耳及其和也如鼓瑟琴況於兄弟之以天屬也哉特患不親之耳苟其親之其樂豈特妻子而已翕合也

宜爾室家樂爾妻孥是究是圖亶其然乎

孥子也究深也亶信也小人思慮不能及遠常以爲

兄弟之於我無所損益不知兄弟之相親亦所以宜其室家而樂其妻孥者患其淺陋而不信故使之深思而遠圖之以信其然否

常棣八章章四句

伐木燕朋友故舊也

伐木丁丁鳥鳴嚶嚶出自幽谷遷于喬木嚶其鳴矣求其友聲相彼鳥矣猶求友聲矧伊人矣不求友生神之聽之終和且平

丁丁伐木聲也嚶嚶兩鳥鳴也事之甚小而須友者伐木也物之無知而不忘其羣者鳥也鳥出於谷而

升於木以木爲安而不獨有也故嚶然而鳴以求其友況於事之大於伐木而人之有知也哉是以先王不遺朋友故舊以爲非特有人助也鬼神亦將祐之以和平矣

伐木許許釃酒有藇既有肥羜以速諸父寧適不來微我弗顧

許許柹貌也以筐曰釃以藪曰湑藇釃酒貌也羜未成羊也速召也伐木至小矣而猶須友故君子於其閒暇而酒食以燕樂之所以求其驩心也

於粲灑埽陳饋八簋既有肥牡以速諸舅寧適不來微

我有咎
　粲鮮明也天子八簋
伐木于阪釃酒有衍籩豆有踐兄弟無遠民之失德乾
餱以愆
　愆過也民之失德也有以乾餱相譴適故君子於其
　朋友故舊無所愛者
有酒湑我無酒酤我坎坎鼓我蹲蹲舞我迨我暇矣飲
此湑矣
　湑莤之也酤買也有則湑之無則酤之不以有無爲
　辭也奏之以鼓重之以舞盡其有以樂之也及我之

暇而飲我以湑道主人之厚也

伐木六章章六句

天保下報上也

人君以鹿鳴之五詩宴其羣臣天保者豈以答是五詩於其宴也皆用之歟其言皆臣下所以願其君然古禮廢矣不可得而知也

天保定爾亦孔之固俾爾單厚何福不除俾爾多益以莫不庶

保安也單盡也除開也天之安吾君亦甚固矣使之無不厚者是以無福不開予之使之多受增益是以

無物不蓄庶者

天保定爾俾爾戩穀罄無不宜受天百祿降爾遐福維日不足

戩福也穀祿也將使之安有福祿故開其心智使之無所不宜以能受之詩云宜民宜人受祿於天如是然後可以長有其福而日且不足矣此所謂何福不除也

天保定爾以莫不興如山如阜如岡如陵如川之方至以莫不增

興作也言萬物無不作而盛者此所謂以莫不庶也

吉蠲爲饎是用孝享禴祠烝嘗于公先王君曰卜爾萬壽無疆

吉善也蠲潔也饎酒食也春曰祠夏曰禴秋曰嘗冬曰烝公先公也君先君也卜予也尸嘏主人之辭也蓋言非獨天助之先祖亦莫不予也

神之弔矣貽爾多福民之質矣日用飲食羣黎百姓徧爲爾德

神報之以福民無爲而飲食百官象之而爲其德言無有不順也弔至也質成也黎衆也百姓百官也

如月之恒如日之升如南山之壽不騫不崩如松柏之

茂無不爾或承

天地神人無有不順則其所以顧之者如此恒常也

騫虧也木落則無繼落而有承者惟松柏也

天保六章章六句

采薇遣戍役也

采薇出車杕杜此三詩皆言文王爲西伯以紂之命而伐玁狁故其詩曰自天子所謂我來矣天子謂紂也然此詩之作則非文王之世矣故其詩曰王命南仲往城于方王謂文王也文王未王而稱王後世之所追謂也而毛氏以王爲紂故敘以爲文王之世歌

此詩以遣勞之夫紂得命文王而不得命南仲故王得爲文王而不得爲紂王不得爲紂則此詩非文王之世之詩明矣

采薇采薇薇亦作止曰歸曰歸歲亦莫止靡室靡家玁狁之故不遑啓居玁狁之故

文王爲西伯以天子之命西伐昆夷北伐玁狁將遣戍役而戒其期曰薇可采而行故於其行而督之曰薇亦作矣可以行矣既告之以其行又告之以其歸曰歲莫而後反凡所以使民久役於外弃其室家而不遑啓處者皆玁狁之故也

采薇采薇薇亦柔止曰歸曰歸心亦憂矣憂心烈烈載
饑載渴我戍未定靡使歸聘
行者內憂歸期之遠而外爲饑渴之所困亦甚病矣
戍者未定則無以使之歸聘天子是以若是急也
采薇采薇薇亦剛止曰歸曰歸歲亦陽止王事靡盬不
遑啓處憂心孔疚我行不來
始言薇作次言薇柔終言薇剛言時日已晚不可復
留也歲之陽十月也不來不反也兵行故有不反之
憂
彼爾維何維常之華彼路斯何君子之車戎車既駕四

牡業業豈敢定居一月三捷

爾華盛貌說文作薾常常棣也君子將帥也其車陳於道路如華之盛而其馬業業然壯也豈以是安於遠戍使汝不速反乎亦庶乎一月而三捷以來速歸耳

駕彼四牡四牡騤騤君子所依小人所腓四牡翼翼象弭魚服豈不日戒玁狁孔棘

騤騤強也腓辟也象弭以象骨飾弓末也魚服以魚獸之皮爲矢服也棘急也將帥之車非獨君子之所依亦小人之所恃以辟患難也且將帥之在軍其長慮

翼翼躬服弓矢相戒以獵玁狁甚急豈獨暇豫哉其勞

苦憂患亦與士卒共之耳

昔我往矣楊柳依依今我來思雨雪霏霏行道遲遲載

渴載饑我心傷悲莫知我哀

此章深言其往返之勤苦所以深慰之也

采薇六章章八句

出車勞還率也

我出我車于彼牧矣自天子所謂我來矣召彼僕夫謂

之載矣王事多難維其棘矣

牧郊也其將北伐也出車於郊而告之曰有至自天

子所而使我出征者召僕夫而使之載王事多難不
可緩也

我出我車于彼郊矣設此旐矣建彼旄矣彼旟旐斯胡
不旆旆憂心悄悄僕夫況瘁

龜蛇曰旐鳥隼曰旟旄干旄也旆旆揚也況甚也君
子勇於從事維恐旟旐之不旆旆與僕夫之甚瘁不
如其志也

王命南仲往城于方出車彭彭旂旐央央天子命我城
彼朔方赫赫南仲玁狁于襄

王謂文王也是時文王未王而稱王者後世之追稱

也南仲文王之屬也方朔方也彭彭壯盛也交龍爲
旂央央明盛也襄除也文王命南仲往城朔方曰天
子以是命我令使南仲爲將以往庶乎玁狁之患於
是而除有以報天子矣
昔我往矣黍稷方華今我來思雨雪載塗王事多難不
遑啓居豈不懷歸畏此簡書
文王之伐玁狁也采薇而行采蘩而歸今曰黍稷方
華則六月矣雨雪載塗則十月矣蓋旣城朔方六月
而出兵十月而還止於朔方來年春而歸也簡書戒
命也

喓喓草蟲趯趯阜螽未見君子憂心忡忡既見君子我心則降赫赫南仲薄伐西戎

草蟲鳴而阜螽躍婦人之念君子亦猶是矣方其未見也以不見爲憂耳及其既見而後知喜其成功也故其終也則矜之曰赫赫南仲薄伐西戎然則既伐玁狁又伐西戎也

春日遲遲卉木萋萋倉庚喈喈采蘩祁祁執訊獲醜薄言還歸赫赫南仲玁狁于夷

卉草也訊問也醜衆也夷平也

出車六章章八句

杕杜勞還役也

兵之出也有遣役而無遣率蓋爲軍中之禮也軍中上下同事故遣役而遂遣率及其還也率役分勞蓋爲國中之禮也國中貴賤異數故勞率而後勞役禮曰賜君子小人不同日此之謂也

有杕之杜有睆其實王事靡盬繼嗣我日

睆實貌也君子行役則婦人獨任其家事知特生之杜而負有睆之實言弱而不能勝也柰何王事日夜不已使君子久而不反乎

日月陽止女心傷止征夫遑止

遑暇也春而出征至於十月則歸期及矣而猶不至故女心傷悲曰吾君子亦暇矣乎曷爲不時至哉

有杕之杜其葉萋萋王事靡盬我心傷悲卉木萋止女心悲止征夫歸止陟彼北山言采其杞王事靡盬憂我父母

山之草木非一也而獨采其杞則山嘗有餘矣今王事靡盬非獨以病行者也又以憂其父母曾山木之不若也

檀車幝幝四牡痯痯征夫不遠

檀車以檀爲車也幝幝敝貌也痯痯罷貌也

匪載匪來憂心孔疚期逝不至而多爲恤卜筮偕止會言近止征夫邇止

君子不載不來使我憂心甚病歸期逝矣而不時至徒多爲相恤之言而已於是卜之筮之而同曰近矣征夫邇矣言其家念之至也

杕杜四章章七句

魚麗美萬物盛多能備禮也

魚麗于罶鱨鯊君子有酒旨且多

麗歷也罶曲梁也所謂寡婦之笱也鱨揚也鯊鮀也寡婦之笱而獲鱨鯊施者小而得者大也古之仁人

交萬物有道取之有時用之有節則草木鳥獸蕃殖無有求而不得君子於是及其閒暇而爲酒醴以燕樂之其酒旣旨且多言無所不備也

魚麗于罶魴鱧君子有酒多且旨

鱧鮦也

魚麗于罶鰋鯉君子有酒旨且有

鰋鮎也

物其多矣維其嘉矣物其旨矣維其偕矣物其有矣維其時矣

偕齊也多則患其不嘉旨則患其不齊有則患其不

時令多而能嘉旨而能齊有而能時言曲全也

魚麗六章三章章四句三章章二句

穎濱先生詩集傳卷第九終

潁濱先生詩集傳卷第十

南陔之什　小雅

南陔孝子相戒以養也

白華孝子之潔白也

華黍時和歲豐宜黍稷也

此三詩皆亡其辭古者鄉飲酒燕禮皆用之孔子編詩蓋亦取焉歷戰國及秦亡之而獨存其義毛公傳詩附之鹿鳴之什遂改什首予以爲非古於是復爲南陔之什則小雅之什皆復孔子之舊

南有嘉魚樂與賢也

南有嘉魚烝然罩罩君子有酒嘉賓式燕以樂

烝塵也罩篧也罩罩非一辭也魚之在水至深遠矣然人未嘗以深遠爲辭而不求雖不可得猶久伺而多罩之是以魚無有不得也苟君子之求賢心誠好之而不倦如是人之於魚則亦豈有不可得者哉

南有嘉魚烝然汕汕君子有酒嘉賓式燕以衎

汕樔也樔撩罟也衎樂也

南有樛木甘瓠纍之君子有酒嘉賓式燕綏之

魚非有求於人而人則取之以爲賢者亦如是而吾則強求之歟非也瓜蔓於地是豈可強使從人哉然

其遇樛木也未嘗不纍之而上物之相從物之性也
豈有賢者而不願從人者哉獨患不之求耳孔子曰
未之思也夫何遠之有
翩翩者鵻烝然來思君子有酒嘉賓式燕又思
父子之相親物無不然者故擇木之鳥常懷其親來
而不去君子之事君如子之養父母義有不可已者
故曰長幼之節不可廢也君臣之義如之何其廢之
蓋孔子歷聘於諸侯老而不厭乃所烝然來思者
惟莫之用是以終舍而去古之君子於士之至也則
酒食以燕樂之故士可得而留也又復也思辭也既

燕矣而猶未厭安之也

南有嘉魚四章章四句

南山有臺樂得賢也

南山有臺北山有萊樂只君子邦家之基樂只君子萬壽無期

臺夫須也萊草也國之有賢人猶山之有草木以自覆蓋也君子之長育人才如山之長育草木多而不厭外則能爲邦家之基內則身享壽考之報矣且非獨如此而已至於德音洽於衆聽餘慶及其後人亦未有不由此也故終篇歷言之

南山有桑北山有楊樂只君子邦家之光樂只君子萬壽無疆南山有杞北山有李樂只君子民之父母樂只君子德音不已南山有栲北山有杻樂只君子遐不眉壽樂只君子德音是茂

栲山樗也杻檍也

南山有枸北山有楰樂只君子遐不黃耇樂只君子保艾爾後

枸枳枸也楰鼠梓也

南山有臺五章章六句

由庚萬物得由其道也

崇丘萬物得極其高大也

由儀萬物之生各得其宜也

三詩皆亡鄉飲酒燕禮亦用焉燕禮升歌鹿鳴下管新宮射禮諸侯以貍首爲節新宮貍首皆正詩而詞義不見或者孔子刪之歟不然後世亡之也

蓼蕭澤及四海也

蓼彼蕭斯零露湑兮既見君子我心寫兮燕笑語兮是以有譽處兮

蓼長大貌也蕭蒿也譽豫通凡詩之譽皆言樂也諸侯來朝其衆且賤如蕭蒿然王者推恩以綏之無所

不及如零露之於蕭然故其既見天子也莫不思盡
其心之所有以告之天子又申之以燕禮於其燕也
極其笑語之樂而無間諸侯是以樂處於是也
蓼彼蕭斯零露瀼瀼既見君子爲龍爲光其德不爽壽
考不忘
瀼瀼多貌龍寵也
蓼彼蕭斯零露泥泥既見君子孔燕豈弟宜兄宜弟令
德壽豈
泥泥濡貌兄弟同姓諸侯也
蓼彼蕭斯零露濃濃既見君子鞗革沖沖和鸞雝雝萬

福攸同

鞗轡也革轡首也沖沖垂貌也在軾曰和在衡曰鸞

諸侯燕見天子天子必乘車迎之於其門故云

蓼蕭四章章六句

湛露天子燕諸侯也

湛湛露斯匪陽不晞厭厭夜飲不醉無歸

湛湛凝也晞乾也厭厭久也天子燕諸侯而飲之酒

如露之凝於物無不濡足者飲酒至夜非醉而不出

如露之得日而後乾也

湛湛露斯在彼豐草厭厭夜飲在宗載考

宗同姓也考成也古者族人侍飲于宗子不醉而出
是不親也醉而不出是渫宗也天子之飲諸侯亦然
故在同姓則成之異姓則辭之
湛湛露斯在彼杞棘顯允君子莫不令德
露之在草也如將不勝其在木也則能任之矣將言
其無不醉故以豐草言之將言其醉而不能亂故以
杞棘言之顯允君子莫不令德言醉而不亂也
其桐其椅其實離離豈弟君子莫不令儀
桐椅雖實繁而枝不披君子雖飲酒至夜將之以禮
禮終而莫不令儀如桐椅之不爲實所困也

湛露四章章四句

彤弓之什　小雅

彤弓天子錫有功諸侯也

彤弓弨兮受言藏之我有嘉賓中心貺之鐘鼓既設一朝饗之

春秋傳曰諸侯敵王所愾而獻其功王於是乎賜之彤弓一彤矢百玈弓矢千以覺報燕凡諸侯賜弓矢然後專征伐彤弓朱弓也弨弛貌也大飲賓曰饗其賜之也行之以饗禮一朝饗之言待厚之以大禮也

彤弓弨兮受言載之我有嘉賓中心喜之鐘鼓既設一

朝右之

載載以歸也右助也

彤弓弨兮受言櫜之我有嘉賓中心好之鐘鼓既設一

朝醻之

櫜韜也醻報也

彤弓三章章六句

菁菁者莪樂育材也

菁菁者莪在彼中阿既見君子樂且有儀

菁菁盛貌也莪蘿蒿也阿大陵也君子之長育人材

如阿之長莪菁菁然盛也

菁菁者莪在彼中沚既見君子我心則喜菁菁者莪在彼中陵既見君子錫我百朋

古者貨貝二貝爲朋百朋言其所以祿士之多也

汎汎楊舟載沉載浮既見君子我心則休

君子之於人無所不養譬如楊舟之於物浮沉無不載也二雅之正其詩之先後周之盛時蓋已定之矣仲尼無所升降也故儀禮之歌詩其次與今詩合小雅小述文武下及成王然其詩之次皆非其世之先後周公既定禮樂自鹿鳴至於杕杜九篇皆以施於燕勞以其事爲次故常棣雖周公閔管蔡之詩而列

於四非復以世爲先後也今將辯之則其言伐玁狁
西戎者爲文王之詩其言天下治安爵命諸侯澤及
四海者爲武成之詩其餘則有不可得而詳者矣且
其言文王事紂之際猶有追稱王者然則武成之世
所以追謂文王而非文王之世所自作也

菁菁者莪四章章四句

六月宣王北伐也

六月棲棲戎車既飭四牡騤騤載是常服玁狁孔熾我
是用急王于出征以匡王國

棲棲不安也常服韎韋也于曰也宣王承衰亂之後

玁狁內侵命尹吉甫伐之六月方暑而不遑安飾其
車馬載其戎服而告其衆曰玁狁甚熾我是以急於
出兵且又有王命不可緩也

比物四驪閑之維則維此六月旣成我服我服旣成于
三十里王于出征以佐天子

周官祭祀朝覲會同毛馬而頒之軍事物馬而頒之
毛齊其色也物齊其力也旣比其物而又四驪言馬
有餘也閑習也則法也馬旣齊矣服旣成矣則於是
出征古者師行日三十里

四牡脩廣其大有顒薄伐玁狁以奏膚公有嚴有翼共

武之服共武之服以定王國
顒大貌也膚大也公功也嚴莊也翼敬也言將帥之德也服事也
玁狁匪茹整居焦穫侵鎬及方至于涇陽織文鳥章白旆央央元戎十乘以先啓行
匪茹非其所當入也整居言無憚也焦穫周之藪也郭璞曰扶風池陽瓠中是也鎬鎬京也方未詳涇陽涇之北也織文徽織之文也鳥章隼鳥之章也旆繼旐者也夏曰鉤車先正也商曰寅車先疾也周曰元戎先良也皆所以啓突敵陣之前行也

戎車既安如輊如軒四牡既佶既佶且閑薄伐玁狁至
于太原文武吉甫萬邦爲憲
後視之如輊前視之如軒車之調也佶壯健也
吉甫燕喜既多受祉來歸自鎬我行永久飲御諸友炰
鼈膾鯉侯誰在矣張仲孝友
來歸自鎬歸其采邑也吉甫既還燕其朋友而張仲
在焉張仲賢人也言其所與無非賢者侯維也
六月六章章八句
采芑宣王南征也
薄言采芑于彼新田于此菑畝方叔涖止其車三千師

干之試方叔率止乘其四騏四騏翼翼路車有奭簟茀魚服鉤膺鞗革

芑菜也田一歲曰菑二歲曰新三歲曰畬涖臨也師衆也干扞也奭赤貌也金路赤飾鉤膺樊纓也將采芑者於何取之其必於新田菑畝而後得之方其治田也則勞而及其采芑也則佚故宣王之南征則亦使方叔治其軍而後用之方叔之治軍也陳其車馬而試其衆以扞敵之法又親以身率之士之從之者皆知愛之是以美其車馬之飾而無厭也其車三千爲二十二萬五千人以荆蠻强盛不得不爾耶

薄言采芑于彼新田于此中鄉方叔涖止其車三千旂
旐央央方叔率止約軝錯衡八鸞瑲瑲服其命服朱芾
斯皇有瑲葱珩

中鄉民居在焉故其田尤治軝長轂也約之以革錯
衡文衡也三命赤芾葱珩

鴥彼飛隼其飛戾天亦集爰止方叔涖止其車三千師
干之試方叔率止鉦人伐鼓陳師鞠旅顯允方叔伐鼓
淵淵振旅闐闐

戾至也爰於也鉦所以止鼓所以進也鞠告也淵淵
闐闐鼓聲也振旅治兵之終也隼之飛而至天甚迅

疾矣然必集於其所當止而後可用言士雖勇而不
教則不知戰之節亦不可用也故方叔命其鉦人擊
鼓以誓之士之聞其鼓聲者無不服其明信也意者
方叔之南征先治其兵既衆且治而蠻荆遂服故詩
人詳其治兵而略其出兵首章之車非即戎之車二
章之服非即戎之服三章之陳師未戰而振旅至於
卒章而後言其遇敵故三章皆治兵也
蠢爾蠻荆大邦爲讎方叔元老克壯其猶方叔率止執
訊獲醜戎車嘽嘽嘽嘽焞焞如霆如雷顯允方叔征伐
玁狁蠻荆來威

猶謀也嘽嘽衆也焞焞盛也方叔則嘗征伐玁狁而
克之矣況於蠻荆安有不來服而畏之者乎

采芑四章章十二句

車攻宣王復古也

我車既攻我馬既同四牡龐龐駕言徂東

攻堅也同齊也宗廟齊毫戎事齊力田獵齊足所謂
同也龐龐充實也東東都也宣王內脩政事車旣堅
馬旣齊則往東都田獵以治兵焉

田車既好四牡孔阜東有甫草駕言行狩

甫大也田者大芟草以爲防所謂甫草也

之子于苗選徒囂囂建旐設旄搏獸于敖
苗狩皆田之通名也敖鄭山也
駕彼四牡四牡奕奕赤芾金舄會同有繹
於是諸侯來朝王因與之出田赤芾金舄諸侯之服
也金黃朱色也繹陳也
決拾既佽弓矢既調射夫既同助我舉柴
決鉤弦也拾遂也佽手指比也調强弱等也言射事
脩備也射夫既同言無不善射也柴或作胔積也言
諸侯亦助之舉積禽也
四黃既駕兩驂不猗

猗倚也言御者之良也

不失其馳舍矢如破

言射者之良也不善射者爲之詭遇則獲不然則不能使御者不失其馳而舍矢如破然後爲善射也

蕭蕭馬鳴悠悠旆旌徒御不驚大庖不盈

兵之出徒聞其馬鳴蕭蕭徒見其旆旌悠悠言不譁也不驚驚也不盈盈也驚猶警戒也

之子于征有聞無聲允矣君子展也大成

允信也展誠也我必聲之然後人聞之我則不聲而人則聞之必其實有餘也故曰信哉其君子矣誠哉

其大成矣

車攻八章章四句

吉日美宣王田也

吉日維戊既伯既禱田車既好四牡孔阜升彼大阜從

其羣醜

伯馬祖天駟也古者將用馬力則禱於其祖從從禽

也醜類也

吉日庚午既差我馬獸之所同麀鹿麌麌漆沮之從天

子之所

差擇也外事用剛日故禱以戊擇以庚同聚也麀牡

曰鹿麌麌多也漆沮在渭北所謂洛水也自言其上

驅獸而至天子之所也

瞻彼中原其祁孔有儦儦俟俟或羣或友悉率左右以

燕天子

言禽獸之多且擾也祁大也趨則儦儦行則俟俟三

爲羣二爲友率馴也燕樂也

既張我弓既挾我矢發彼小豝殪此大兕以御賓客且

以酌醴

壹發而死曰殪燕而酌醴所以厚賓也

吉日四章章六句

鴻鴈美宣王也

鴻鴈于飛肅肅其羽之子于征劬勞于野爰及矜人哀此鰥寡

鴻鴈背陰向陽如民之去危從安厲王之後民人離散譬如鴻鴈之飛四方無所不往徒聞其羽聲肅肅未知所止也及宣王遣使勞來安集之雖鰥寡無不寧息矜人人之可憐者也

鴻鴈于飛集于中澤之子于垣百堵皆作雖則劬勞其究安宅

使者所至招來流民使反其都邑築其墻垣而安處

之然後民知所止如鴻鴈之集于澤也故其民雖勞
而不怨曰其終將安宅矣
鴻鴈于飛哀鳴嗸嗸維此哲人謂我劬勞維彼愚人謂
我宣驕
民復其故居勞而未定如鴻鴈之嗸嗸也興廢補敗
不能自靖不知者以爲宣驕耳
鴻鴈三章章六句
庭燎美宣王也
宣王不忘夙興而問夜之早晚足以爲無過矣非所
嘗譏也毛氏猶謂雞人不脩其官故敘曰因以箴之

過矣

夜如何其夜未央庭燎之光君子至止鸞聲將將

央久也庭燎大燭也宣王將視朝不安於寢而問夜之蚤晚曰夜如何矣則對曰夜未央庭燎光朝者至而聞其鸞聲矣

夜如何其夜未艾庭燎晣晣君子至止鸞聲噦噦

艾將盡也晣晣明也噦噦徐也

夜如何其夜鄉晨庭燎有煇君子至止言觀其旂

夜聞其鸞聲而已晨則見其旂矣至此然後可以視朝

庭燎三章章五句

沔水規宣王也

沔彼流水朝宗于海鴥彼飛隼載飛載止嗟我兄弟邦人諸友莫肯念亂誰無父母

沔水流滿也水流猶有所朝宗而隼飛猶有所止諸侯獨柰何肆行不顧曾無所畏忌哉故告於兄弟之國與其友邦之君子爾莫肯念救吾亂人豈有無父母而能生者哉君臣之不可廢猶父子之不可去也

沔彼流水其流湯湯鴥彼飛隼載飛載揚念彼不蹟載起載行心之憂矣不可弭忘

湯湯無所入也飛揚無所止也不蹟不循道也弭止
也
鴥彼飛隼率彼中陵民之訛言寧莫之懲我友敬矣讒
言其興
厲王之亂而諸侯恣行不可禁止宣王將復繩之而
君子懼其不以漸治久亂而不以漸治亂之激也故
告之曰隼舍其飛而循中陵斯以畏矣民猶將爲訛
言以誣之不可不懲也今諸侯亦欲敬矣特畏讒言
之興是以不至至而有讒恐不能自免耳
沔水三章二章章八句一章章六句

鶴鳴誨宣王也

鶴鳴于九皐聲聞于野魚潛在淵或在于渚樂彼之園爰有樹檀其下維蘀它山之石可以爲錯

皐澤也蘀落也爰曰也鶴鳴于深澤而聲聞于野魚潛于淵而時出於渚言物無隱而不見也人之樂於園者謂其上有檀而下有蘀言大者之無所不容也它山之石以爲無用矣猶可以爲錯而攻玉言世未有無用之物也求賢者亦猶是耳

鶴鳴于九皐聲聞于天魚在于渚或潛在淵樂彼之園爰有樹檀其下維穀它山之石可以攻玉

榖楮也

鶴鳴二章章九句

潁濱先生詩集傳卷第十終